파지에 시를 쓰다

파지에 시를 쓰다

초판 1쇄 · 2019년 9월 13일
초판 2쇄 · 2020년 1월 28일

지은이 · 정세훈
펴낸이 · 한봉숙
펴낸곳 · 푸른사상사

주간 · 맹문재 | 편집 · 지순이 | 교정 · 김수란
등록 · 1999년 7월 8일 제2-2876호
주소 · 경기도 파주시 회동길(서패동) 337-16
대표전화 · 031) 955-9111(2) | 팩시밀리 · 031) 955-9114
이메일 · prun21c@hanmail.net
홈페이지 · http://www.prun21c.com

ISBN 979-11-308-1457-5   03810

값 16,000원

푸른사상
산문선

25

파지에
시를 쓰다

정세훈 산문집

푸른사상
PRUNSASANG

17세. 너무 이른 나이에 육체노동자가 되어 노동을 했다. 너무 어린 나이에 노동자를 알게 되었고 노동을 알게 되었다. 이 땅에서 노동자로 살아간다는 것은 인간을 포기해야 하는 것임을, 노동은 자본의 노예라는 것을 너무 일찍 알았다. 이러한 노동판이 문학을 하도록, 나를 이끌었다.

공정하지 못하고 공평하지 못하고 공의롭지 못한 그 노동판에서 어린 노동(자)는 너무 일찍 병이 들었다. 몸과 마음이 미처 알아차릴 사이도 없이 자본의 병이 급습했다. 자본에 피를 팔고 뼈를 팔아 피골이 상접해 쓰러져도 한순간쯤은 성공하고 싶었다.

어린 노동(자)이었던 나는 올해 우리 나이로 65세가 되었다. 그동안 살아온 것이 아니라 혹독한 자본에 맞서 견디어왔다.

견디어온 삶이기에 어느 한때 어느 시기를 살펴보아도 제대로 내세울 만한 성공한 삶이 한순간도 없다. 나름 열심히 최선을 다한 삶이었다고 말하고 싶지만, 결과가 이를 막고 있다.

실패한 노동! 그 삶들을 호명해 기록한다.

2019년 9월
정세훈

상처에 시를 쓰다

제1부

또다시 문학의 꿈을 접다

닭잘뫼 흙담집

충남 홍성군 장곡면 월계리 닭잘뫼 산 중턱에 있던 방 두 칸짜리 흙담집. 내가 태어나 초등학교 4학년 가을까지 살았던 곳이다. 닭잘뫼에는 우리 집을 포함해 네 가구가 살았다. 그중에서도 우리 집은 두 번째로 높은 지대에 자리 잡고 있었다.

왜정 시대 징용으로 끌려가 사할린 탄광에서 탄을 캐던 아버지가 우여곡절 끝에 귀국해 결혼 후 손수 흙벽돌을 찍어 지은 집이다. 마루도 없는 부엌 하나 달린 토방이 있는 조그마한 초가집이었다.

아버지는 사할린에서 고된 노역과 부실한 숙식의 여파로 거의 실명된 순간에 일본의 패망으로 구사일생 살아 귀국했다. 탄광을 접수한 미군의 도움을 받아 부산으로 오는 미 군함을 타고 귀국할 수 있었다. 연합군에 대한 일본의 항복이 조금이라도 늦었더라면 살아오지 못했을 것이다. 사할린에서 부산으로 오는 동안 미군의 보살핌으로 보이지 않던 시력이 서서히 다시 살아났다.

징용으로 끌려가 머나먼 이국 사할린에서 탄을 캐던 아버지는 귀국해서도 탄을 캐는 광부가 되었다. 경작할 땅이 없었기에 결혼 후 어쩔 수 없이 선택한 생계수단이었다.

산 중턱의 조그마한 우리 집은 겨울이 되면 무척 추웠다. 부엌과 붙어 있는 안방과 건넌방의 양쪽 문 사이 외벽에 박아놓은 나무 말 코지가 있었다. 거기에 탄가루가 선득선득 밴 아버지의 작업복이 걸린 모양을 보면 더욱 추웠다.

탄광에서 일하고 돌아오신 아버지의 발 땀으로 흥건히 젖은 긴 장화 속 양말은 냉큼 벗겨지지 않았다. 그 양말을 낑낑거리며 벗겨 드리는 날은 여름인데도 추웠다.

아버지가 탄광에서 만취하여 밤늦게 귀가하는 날도 추웠다. 귀가하기 전 먼저 잠들었다는 이유로, 또는 이런저런 이유로 한밤중에 발가벗겨 밖으로 내보내 벌을 서게 하는 폭력적인 밤 또한 추웠다. 그런 밤에 캄캄한 하늘의 영롱한 별들과 달을 보면 더 추웠다.

아버지의 주사는 폭력적이었다. 평소엔 참으로 정이 많고 자상하고 부드럽고 온화했다. 마을 아주머니들 앞에서 수줍어할 정도로 내성적이었다. 그런데 술만 먹으면 돌변했다.

만취한 것이 걱정되어 집까지 데려다준 동료에게 고마워하기는 커녕 오히려 시비를 걸었다. 동료가 가고 나면 그 시비를 자식들과 어머니에게 걸었다. 한겨울 자식들을 발가벗겨 밖으로 내쫓는 것을 만류하는 어머니에게 가차 없이 주먹질을 해댔다. 투병 중인 어머니가 맞아 죽을 거 같다는 생각이 들 정도로 그 폭력은 심했다.

"그런 말 하면 못써. 이 세상에 네 아버지처럼 착한 사람 없다."

병든 딸을 돌보아주기 위해 자주 오시던 외할머니는 어머니께 폭력을 가하는 아버지를 비난하는 나를 나무라셨다.

중학교 3학년 때였다. 어머니에게 가하는 아버지의 폭력을 제지하다가 아버지에게 맞아 큰일 날 뻔했다. 그 순간 도망가 피하지 않았으면 아버지가 마구 휘두른 작대기에 맞아 어떻게 되었을지 모른다. 도망가면서, 이담에 어른이 되면 절대로 아버지 같은 사람이 되지 않겠다고 다짐하고 다짐했다.

그 어느 때보다 추운 날은 속앓이 병이 도진 어머니가 제대로 먹지 못하는 날이었다. 이래저래 사시사철 춥던, 닭잘뫼 흙담집이었다.

월계리
— 울 아버지 밤대거리 가시던 길

1. 내(川)

울 아버지 밤대거리 가시던 길

춘하사철 내(川)가 흘렀어
꺼질 듯 살아나는
벌불 잦은 간드레 불 밝혀 들고서
울 아버지 밤대거리 가시던 길
그 이십 리 길 탄광 길엔

춘하사철 내(川)가 흘렀어

징검다리 돌다리가
뒤뚱뒤뚱 놓여 있는
내(川)가 흘러서는
탄 물이 밴
아버지의 그 시린 탄복을
비 오는 여름이건
눈 오는 겨울이건
선뜩선뜩
적시어놓았어

2. 뫼(山)

동행 없는 뫼(山)
야밤 길을
홀로 밟아가셨어

밑창 난 장화 속
무좀 번진 발부리에
추적추적 달라붙는
가난 같은 괴기 서린 전설들을
달빛 없는 산어귀에
별빛 없는 산허리에
어린 시절 꿈처럼
굽이굽이 깔아놓으시고

탄 물에 젖은 머리카락
쭈뼛쭈뼛 일어서는

뫼 너머
산이 있는 산길을
야밤 길로 밟아가셨어

3. 주막

술을 파는 주막이
내(川) 건너
뫼 너머
표주박처럼 떠 있었어

한 잔 술이
열 잔 술이 되도록
열 잔 술이
한 말 술이 되도록

탄을 캐내시던 아버지의 가슴에
어머니의 속앓이 병 같은
화기 없는 버력들만
가득가득 쌓여서는

갈증 난 그 목을
끝내 털어내지 못하고

지나쳐 가시던 그 주막집
해묵은 처마 끝에

낙숫물처럼
고드름처럼
대롱대롱
매달리어 있었어

4. 밤길

무거워하셨어

건넛마을 오부자네
스무 마지기 논둑길을
밟고
밟아 가시며

만삭이 된
그 드넓은 논둑길을
꾸역꾸역
밟아 가시며

산고랑 창 다랑논
두어 마지기
끝물처럼
지어내시던 아버지

탄을 캐러 가시던
그 기나긴 밤길을
가며가며
천근만근 무거워하셨어

내 어릴 적
공장으로 나를 떠나보낸
내 고향 월계리
울 아버지 밤대거리 가시던 길

엄동 바람, 낡은 문풍지

아버지는 지난 1998년 음력 4월 7일, 77세의 생을 마감하고 돌아가셨다.

아버지는 전형적인 육체노동자였다. '진짜 노동자'였던 것이다. 내가 태어나기 전, 그러니까 일제강점기엔 일본의 징용으로 끌려가 사할린 땅 탄광에서 젊은 시절을 보내셨다.

내가 어렸을 땐 고향인 충남 홍성 땅 천태리 소재의 탄광에서 탄을 캐셨다. 중년이 되어서는 서울로 올라와 수년간 서울 지하철 1호선을 뚫는 현장에서 단순노동을 하셨다. 그 이후에는 한참 일할 수 있는 나이임에도 각종 노독(勞毒)으로 인해 생업을 놓으시고 시름시름 앓으며 하루하루를 그저 소일하고 계셨다.

초등학교 5학년이던 어느 겨울날이었다.

술에 만취한 아버지를 주막에서 부축하여 모셔온 지도 두어 시간이 지난 듯싶었다. 새벽 두세 시쯤은 족히 되었을 것이다. 초저녁부터 내려 쌓이기 시작한 눈발은 새벽까지 내리고 있었다. 그 눈발을 이기지 못한 뒤뜰의 소나무 가지가 뚝! 뚝! 부러지는 소리가 들려왔다. 벌어진 방문 틈 사이로 머리를 들이밀고 들어오는 엄동 바람이 자꾸만 낡은 문풍지를 울렸다.

속앓이 병으로 앓아누운 어머니는 아편 주사를 맞고 모처럼 깊은 잠에 빠져 있었다. 동생들도 깊은 잠에 빠져 있었다. 고래고래 〈비 내리는 고모령〉을 연거푸 불러대시던 술 취한 아버지도 드렁드렁 코를 골고 계셨다. 모처럼 맞이하는 평화로운 시간이었다.

나는 이날 새벽 처음으로 성공하고 싶다는 생각을 했다. 아니 성공한 인생을 살고 싶다는 꿈을 꾸었다.

우선 아버지처럼 가난한 자가 되지 않기로 했다. 그리고 아버지는 못 배웠지만 나는 많이 배우기로 했다. 아버지는 탄을 캐는 광부로 살아가고 있지만 나는 선생님이 되기로 했다. 아버지는 병든 아내와 살아가고 있지만 나는 아주 예쁘고 건강하고 유식한 아내와 살기로 했다. 아버지는 다 쓰러져가는 초가삼간 집에서 살아가고 있지만 나는 대궐 같은 집에서 살아가기로 했다. 아버지는 늘 배고프게 살아가고 있지만 나는 늘 배부르게 살아가기로 했다. 아버지는 누추하게 살아가고 있지만 나는 넉넉하게 살아가기로 했다.

그러나, 나는 열일곱 살에 공장 노동자가 되었다. 가까스로 중학교만 나왔다. 예쁘지도 않고 배우지 못해 유식하지도 않은 아내와 살고 있다. 대궐 같은 집에서 살고 있지도 않으며 넉넉하게 살아가고 있지도 못하다. 결국 나는 아버지의 그 삶을 이기지 못한 것이다.

막걸리

— 아버지! 이젠 창밖이 잘 보이시지요?

진폐증에 위암 말기 늙으신 아버지를 모시고
고향 땅 월계리로 내려가는 길
경기도 안산을 지나
산수 수려한 비봉 땅에 이르니
아버지는 자꾸 창밖이 보고 싶으신가 보다

노쇠 현상으로 눈물샘이 말라서
따가워 제대로 뜨지 못하는 눈
비벼대며 혼잣소리로 하시는 말씀
막걸리를 마시면 눈이 잘 떠질 텐데
떠질 텐데 곱씹으신다

위암 말기를 위궤양이라 속이고
그 좋아하던 막걸리 끊어놓은 지 어언 한 달
고향 가는 이 길이
살아생전 마지막 길인 줄도 모른 채
자식 놈 자가용을 타고 가는
고향길이 아름답다며

전에 눈이 따가워 떠지지 않다가도
막걸리만 들어가면 잘 떠지더라는
곱씹는 그 혼잣소리에
받아드려선 아니 될 막걸리 한 병 받아드리고

위암 말기 같은 한 말씀 건네보는 고향길

아버지! 이젠 창밖이 잘 보이시지요?

제비 무덤 복숭아나무

초등학교 5학년 때의 일이다. 찌는 듯이 무덥던 여름날이었다. 콩밭을 매고 집으로 돌아온 부모님과 나는 깜짝 놀랐다. 우리 집 서까래에 집을 짓고 살던 제비들이 죽어 있었다.

어미인 듯한 제비는 토방 위에서 머리에 피를 흘린 채 죽어 있었고 아비인 듯한 제비는 부엌 나뭇간에서 역시 목덜미에 피를 흘린 채 죽어 있었다. 서까래 위 제비집 안엔 부화된 지 얼마 되지 않은 제비 새끼들이 다섯 마리가 찌직! 대고 있었다. 새끼들은 아직 눈도 뜨지 못한 핏덩어리 새끼들이었다.

"떼제비들이 해친 짓이로구나!"

죽은 제비들을 이리저리 살펴보며 아버지가 하신 말씀이었다.

떼제비들은 집을 짓지 않고 사는 제비들의 무리다. 이 녀석들은 떼를 지어 다니며 집을 짓고 사는 집제비들을 해치는 녀석들이다. 이를테면 강도질을 일삼으며 사는 녀석들인 것이다.

아비와 어미가 함께 죽어버렸으니 새끼 제비들의 운명도 뻔한 노릇이었다. 얼마 지나지 않아 굶어 죽게 될 것이다.

내가 고추잠자리 등을 잡아다가 먹여 살려보겠다고 하니까 아버지는 어림없는 소리라며 말리셨다. 제비는 사람이 주는 먹이는 절대로 받아먹지 않는 날짐승이라며 헛수고하지 말라고 일러주셨다. 혹 받아먹는다고 해도 사람의 손때라는 부정을 타서 곧 죽게 될 거라고 말씀하셨다.

그러나 나는 새끼들이 불쌍해 그냥 내버려둘 수가 없었다. 뒤뜰 싸리나무 숲으로 갔다. 싸리나무 숲엔 조그마한 고추잠자리들이 무리를 지어 살고 있었다. 어찌나 그 수가 많은지 마치 빨간 꽃이 싸리나무에 핀 것처럼 보였다.

그 귀엽고 예쁘게 생긴 고추잠자리들을 잡아다가 새끼 제비의 먹이로 준다는 것이 선뜻 내키지 않았다. 그러나 새끼 제비들을 그냥 굶어 죽게 내버려둘 수 없었다.

새끼 제비들은 내가 잡아다 부리에 대주는 먹이를 냉큼 받아먹지 않았다. '찍! 찍!' 어미와 아비 제비가 먹이를 물어 왔을 때 하듯이 소리를 내 먹잇감을 잡아 왔음을 알렸다. 그러나 새끼 제비들은 그 어떤 반응도 보이지 않았다. 어느덧 날이 저물고 있었다. 나는 기진맥진해 있었다. 먹이 주는 것을 포기할까 하는 찰나에 한 녀석이 먹이를 받아먹었다. 얼마 지나지 않아 다른 녀석들도 받아먹었다.

신이 난 나는 정성을 다해 다섯 마리 모두에게 골고루 먹이를 먹여주었다. 그런데 그다음 날 아침에 일어나 보니 그중 두 마리가 숨져 있었다. 아버지 말씀대로 사람의 손때를 타서 숨졌는가 싶었다.

남은 세 마리는 반드시 살려야겠다고 다짐했다. 파리를 잡아 먹이고 고추잠자리, 메뚜기 등을 잡아다가 먹여주었다. 그 작은 몸집의 새가 얼마나 많이 먹어대는지 편지 봉투에 가득 잡아 온 고추잠자리가 금방 없어져버리곤 했다. 어미와 아비가 얼마나 많은 날갯짓을 하며 새끼들을 먹여 살리고 있는가를 알 것 같았다.

세 마리의 새끼 제비들이 일제히 눈을 떴다. 벌거숭이였던 몸뚱이에 솜털 같은 털도 보숭보숭 돋아났다. 이제는 내가 싸리문 앞에서 "찍! 찍!" 신호를 보내면 알아듣고 "찌직!" 소리 내어 반겼다. 그런데 소나기가 내린 어느 날 오후였다. 한 녀석이 아침부터 자꾸 눈을 감아대고 주는 먹이도 받아먹지 않더니 해 질 무렵에 그만 힘없이 숨을 거두어버렸다.

죽은 새끼 제비를 어미와 아비와 형제들이 묻힌 마당가 복숭아나무 아래에 고이 묻어주었다. 자꾸 눈물이 나왔다. 남아 있는 새끼들에게 먹이 주는 것을 포기했다. 더 이상 정이 들어 죽어버리면 내가 너무 서럽고 슬플 것 같았다.

내가 먹이 주는 것을 중단하자 동생이 내 흉내를 내며 먹이를 주려 했지만 절대로 받아먹지 않는 것이었다. 아마 귀에 익은 소리가 아니기 때문일 터였다.

"형아, 제비 새끼들 배고프겠다."

보채는 동생의 성화에 밀려 다시 먹이를 주기로 했다.

"제발 너희들만이라도 끝까지 살아다오!"

내 정성이 통했는지 제비 새끼들의 운명이 그리 정해졌는지 모르지만 여름방학이 끝나기 전에 녀석들은 상당히 자랐다. 그 모습

또한 당당해졌다. "찍! 찍!" 신호를 보내주어야만 입을 벌리던 놈들이 이제 내 모습, 내 발자국 소리만 들어도 알아보고 입을 벌려대며 반가움을 표시해 왔다.

장마철은 이미 지났는데, 그날은 하루 종일 구진구진 비가 내렸다. 아래채 헛간 지붕 위에 열린 둥그런 박들이 그 비에 젖어 뭉실뭉실 부풀어 오르는 것만 같던 날이었다. 내 손끝에 잡힌 고추잠자리를 보고 한 놈이 둥지 안에서 푸덕푸덕 날갯짓을 하며 날아올 자세를 취해보더니, 이윽고 서툰 날갯짓으로 날아와 내 손등에 사뿐히 앉는 것이었다. 그리고 먹이를 받아먹은 후 둥근 박이 엎혀 있는 헛간 지붕 위로 날아가 앉는 것이었다. 첫 날갯짓이었다. 그 첫 날갯짓을 바라보자니 너무 감격스러웠다.

무지무지하게 기뻤다. 부정 타서 죽을 거라던 새끼 제비가 살아서 날갯짓을 한 것이었다. 불가능하게만 여겨졌던 새끼 제비들을 내가 살려낸 것이다. 너무 기뻐서 눈시울이 젖어왔다. 비를 맞다 감기라도 걸리면 어쩌나 걱정하고 있는데 새끼 제비는 다시 제 둥지로 날아들었다. 나머지 한 마리도 다음 날 그렇게 첫 날갯짓을 했다. "찌직!"대던 녀석들이 이제는 제법 자랐다고 "지지배배, 지지배배!" 지저귀며 떠들어대기도 했다.

이제 녀석들은 내가 주는 먹이가 필요하지 않았다. 배가 고프면 곧바로 날아가 먹이를 직접 잡아먹고 저녁이 되면 둥지로 돌아와 자곤 했다. 그런 와중에도 내가 먹이를 들고 신호를 보내면 어김없이 먹이를 쥐고 있는 내 손등으로 날아와 앉아 그 먹이를 받아먹었다. 나를 알아보는 것이었다.

어느 날 한줄기 소나기가 지나간 후였다. 녀석들과 이웃 제비들이 우리 집 빨랫줄에 나란히 앉아 있었다. 나는 내가 기른 제비들을 금방 알아볼 수 있었다. 녀석들은 아직 촌티를 벗지 못하고 있었다. 사람의 손으로 길러져서인지 다른 제비들에 비해 깃털이 매끄럽지 못하고 거칠었다.

학교에서 돌아오는 길이었다. 마을 입구에 다다라 날아다니는 들녘의 수많은 제비들 중에 혹시 내가 기른 녀석들이 있지 않을까 싶어 신호를 보냈다. 그러면 녀석들은 신기할 정도로 내 손등으로 날아와 잠시 앉았다가 다시 날아가곤 했다.

가을이 와서 제비들이 철새 도래지인 강남으로 날아갈 때까지 이렇게 나와 녀석들은 특별한 정을 나누었다.

그러나, 지금도 그때 끝내 살려내지 못한 새끼 제비 세 마리가 더 큰 그리움으로 남는다. 녀석들은 지금도 고향의 복숭아나무가 있던 그 자리에서 영원한 잠에 들어 있을 것이다.

제비처럼

제비처럼
맘씨 좋은 농부네를 찾아가야지.
낡은 처마 밑 한 자락 얻어
빗물 스며들지 않는 서까래를 지붕 삼아
우리 집을 지어야지.

마을 앞 느티나무 잔가지는
아내더러 잘라오게 하고
나는 산고랑 논배미
차진 흙을 물어다가
오밀조밀 붙여놓아야지.

지푸라기를 잘잘히 썰어 다지어
보금자리 꾸며놓으면
우리의 아이들 지지배배
마음껏 울며 클 거야.

아이들의 여린 날갯죽지가
둥근 박처럼 부풀어 오르면
아래채 지붕 위 박 넝쿨 너머까지
날갯짓을 가르치며

비 갠 오후 한나절
우리 가족 모두 데리고
빨랫줄에 나란히 나앉아
이따금 따스한 햇볕도 즐기고 싶어.

그 주홍빛 핏방울, 진달래

3월 초순이었다. 아직도 두메산골 산간 마을 뒷산 응달진 숲속엔 겨울에 내린 눈들이 하얗게 쌓여 있었다. 3월이라고는 하지만 아직 겨울이나 다름없었다. 그날은 눈발이 날렸다. 3월에 내리는 눈치고는 제법 많은 양의 눈이 내렸다.

초등학교 6학년이 된 나는 학교 수업을 마치고 곧바로 집으로 돌아왔다. 집에서 할 일이 너무나 많았다. 우선 산으로 가서 땔감으로 사용하는 나무를 해 와야 했다. 그리고 앓아누워 있는 어머니의 방에 군불을 지펴드려야 한다. 이 외에도 소에게 줄 여물을 삶아야 하는 일 등등 내가 해야 할 일들이 집에서 즐비하게 기다리고 있었다.

그날도 지게를 지고 낫을 들고 뒷산으로 올라갔다. 서산에 걸린 저녁 해가 지고 있었다. 쏴아! 하고 겨울 산바람이 차갑게 불어왔다. 어두워지기 전에 일을 마쳐야 했다. 서둘러 소나무 삭정이와 생솔가지를 낫으로 잘라 지게에 얹었다.

땅거미가 깔리기 시작했다. 땅거미가 깔리고 나면 금방 어두워질 것이다. 마음이 급해졌다. 눈꽃이 핀 갈잎나무 가지를 급하게 베어내다 그만 오른쪽 발등을 낫 끝에 찍히고 말았다. 상처가 제법 깊었다. 금세 줄줄 피가 흘러나왔다. 그 핏방울은 흘러내려 하얀 눈을 녹여 들어가고 있었다. 연분홍 봉오리를 지은 진달래가 옆에서 안쓰러운 듯 지켜보고 있었다.

진달래를 보니 초등학교 4학년 때 우연히 읽었던 김소월 시인의 시「진달래꽃」이 생각났다. 그해 겨울 박 부자네가 서울로 이사를 갔다. 그날 서울에서 대학을 나온 그 집 큰아들이 마당에 버리고 간 잡지를 주워 읽었던 것이다. 『문학사상』이란 잡지였다. 그 잡지에서 시「진달래꽃」을 처음으로 보았다.

처음 그 시를 읽었을 때 그 깊은 뜻은 알 수 없었으나 슬프다는 느낌이 들었다. 하얀 눈에 빨간 물을 들이고 있는 내 핏방울을 바라보고 있자니 그때처럼 슬펐다. 김소월 시인의 이 시를 접하고 시인이 되겠다는 마음을 가졌다. 지혈을 시키며 어머니를 생각했다.

어머니는 일 년이면 열 달을 앓아누워 지내셨다. 속앓이 병을 앓고 계셨다. 그 정도가 심하면 아편 주사를 놓아 진정시켜야 했다. 그 불쌍한 어머니의 방에 따뜻한 군불을 지펴드릴 수 있다는 마음에 상처에 대한 슬픔과 아픔을 잊을 수 있었다.

집으로 돌아오니 5학년 때부터 담임을 맡으신 신전균 선생님께서 가정방문을 오셨다. 선생님은 내 중학교 진학 문제를 놓고 아버지와 상의하기 위해 오셨던 것이다.

당시 나는 나 스스로 진학을 포기하고 있었다. 가정 형편을 보아 그리해야 한다고 생각했다. 그렇지만 공부에 대한 열정은 그 어느 누구보다 뒤지지 않았다. 진학은 못 하더라도 공부하는 그 순간만은 열심히 하고 싶었다. 그래서인지 학업 성적은 늘 상위권에 있었다. 그러한 나를 선생님은 안타까워하셨다.

탄광에서 돌아오신 아버지와 선생님은 나의 진학 문제를 놓고 꽤 오랜 시간 동안 말씀을 나누었다. 선생님은 형편이 아무리 어려워도 진학을 시키자는 주장이었다. 반면 아버지는 형편이 어려운 만큼 어쩔 수 없다는 주장이었다. 그 결말은 쉽게 나지 않았다.

두 분은 술을 무척 좋아하셨다. 나는 밤이 이슥해지도록 술심부름을 했다. 막걸리 주전자를 들고 이웃 마을에 있는 주막을 몇 번이고 들락거려야 했다. 막걸리를 받아다 드리고는 결말이 어떻게 나는지 뒤쪽 방문 옆 굴뚝 옆에 쪼그리고 앉아 귀를 기울였다.

막걸리 주전자를 몇 차례인가 비워내고 나서야 두 분은 결론을 내셨다. 진학 시험을 보게 하여 장학생으로 합격하면 진학을 시키기로.

어느새 3월 눈발은 그치고 밤하늘의 초승달마저 지고 있었다.

고향의 저 골 깊은 뿌리 2
― 조합 빚

조합 빚으로 비워진 돼지우리에
함박눈이 속절없이

펑펑 쏟아지던 밤.
이십 리 산길을 저녁걸음으로
찾아오신 담임 선생님은
내 재주가 아깝다 하시고
아버지는 가난하여 안 된다 하셨어.
사 홉짜리 막걸리 주전자가
몇 번인가 비워지는 동안
내 중학교 진학 문제로
같은 이야기만 되풀이하셨어.
술심부름하던 나는
아버지께 죄송스러웠고
선생님께도 죄송스러워서
그을음 짙은 굴뚝 뒤에
몸을 숨겼어.

꿈을 버리기 위한 의식

화장실 문이 열리고 한 무리 차가운 바람이 밀려왔다. 화가 잔뜩 난 얼굴을 한 이형 교감 선생님이 들어오셨다. 교감 선생님은 나를 찾아 나선 모양이었다.

문학에 조예가 깊던 선생님은 중학교 3년 동안 나에게 많은 가르침과 영향을 주신 분이다.

막연히 초등학교 4학년 어느 가을날 시인이 되고자 꿈을 품었던 나에게 시란 무엇이고 문학이란 무엇인가를 구체적으로 깨닫게 하신 분이다. 당시 나는 선생님으로부터 시에 대한 것뿐만이 아니라 희곡 작법 등을 구체적으로 배울 수 있었다.

그만큼 선생님과 나는 사제지간을 떠나 서로가 관심의 대상이었다. 선생님은 내가 고등학교로 진학을 하지 못하게 되었다는 사실을 안타까워하셨다.

"이놈의 자식, 그만한 일로 이리 상심을 하다니, 앞으로 살면서 뜻대로 되지 않는 일이 얼마나 많을지 모르는데, 그럴 때마다 이리 상심만 하면 무엇을 제대로 할 거야! 엉?"

화장실로 들어선 선생님은 다짜고짜 나를 구타하기 시작했다. 주먹으로 사정없이 치고 때리셨다. 그 서슬에 손목에 찬 선생님의 손목시계 줄이 끊어져 화장실 바닥에 떨어져 박살이 났다. 그렇지만 선생님의 무자비한 구타는 멈추지 않고 계속되었다.

나는 아무 말 없이 맞았다. 분명히 선생님은 나에게 무자비한 폭력을 가하고 계셨지만 난 그것을 구타나 폭력으로 생각하지 않았다. 그 어느 선생님의 그 어느 사랑이 깃든 사랑의 회초리보다 더 가슴 뜨겁게 다가오는 사랑의 채찍으로 받아들였다.

선생님은 내가 고등학교로 진학을 못 하게 된 것을 마음에 두고 졸업식장에 들어가지 않았다는 것을 아셨던 것이다. 그리고 그것을 마음 아파하셨다.

그렇게 좀 유별난 중학교 졸업식을 치른 난 그다음 날부터 집 밖에는 얼씬거리지 않고 안방 건너 작은방에 틀어박혀 있었다. 지난해 가을, 겨울 식량으로 수확해 저장해놓은 고구마 동가리가 작은방안을 거의 차지하고 있었다.

두문불출, 방 안에 틀어박혀 원고지의 칸들을 한 칸 한 칸 채워나갔다. 서울에 있는 KBS 라디오 방송국에서 공모하는 라디오 드라마 극본을 쓰는 중이었다. 5개월여 동안 밥 먹고 대소변 보는 시간 외엔 원고를 썼다.

30일 방송 분량이었는데 1일 10분 방송 분량 40매, 도합 원고지 1,200매를 채우고 나니 어언 여름이었다. 당선되리라고 생각하며 쓴 것이 아니다. 그저 원고지를 채웠다는 것에 의미를 두고 싶었다.

일종의 문학에 대한 꿈을 버리기 위한 의식이었다. 그런 나를 보고 동네 사람들은 정신이 돌았다고 쉬쉬했다.

그렇게 진학 포기와 함께 문학을 포기해야 한다는 서운한 마음을 접어버렸다. 그야말로 학업과 문학, 이 두 가지에 대한 꿈이 실패로 가는 순간이었다.

강물아

바다로 가는 강물아
그냥 흘러만 가다오.

강둑의 자갈돌들
쓸어가지 말고

강변의 모래 무덤
허물지 말고

바다로 가는 강물아
그냥 바다로만 가다오.

강둑엔 자갈돌들 있어야 하고
강변엔 모래들이 있어야 하듯

너는 바다로 가야 하는
강물이잖니

너 흘러가는 길
외로움도 괴로움도 너만의 것

자갈 모래 슬픔은 어루만져주고
힘으로 데려가지 말아라.

바다에서 살아갈 강물아
바다처럼 그저 넓게 넓게만
흘러가다오.

그냥 바다로만 가다오

소꿉동무 희자

그해 여름날은 무척이나 무더웠다. 저녁이 되었지만 여전히 무더위는 꺾이지 않고 기승을 부리고 있었다. 뒤뜰의 매미들도 더위를 먹어서인지 밤나무 가지 위에서 저녁 늦도록 울어대었다.

라디오 극본을 써본 것으로 학업 중단과 문학 포기에 대한 아쉬운 마음을 정리한 뒤였지만 모든 일에 있어 의기소침해 있었다. 서울로 가기로 했다. 그 누가, 또한 그 어떠한 일이, 나를 기다리고 있는 서울이 아니었지만 어떻게 해서든 서울로 가 돈을 벌어야겠다는 생각이었다. 돈을 벌어 어머니의 약값을 대어드리고 고단한 삶을 살아가고 있는 아버지의 노고를 조금이라도 덜어드리고 싶었다. 이런 잡다한 생각들로 후덥지근한 방 안에서 뒹굴고 있는데 밖에서 누이동생이 나를 불렀다.

"오빠! 희자 언니가 나오래. 정자나무 아래서 기다리고 있어."

희자는 한 살 아래 내 소꿉동무였다. 초등학교에 들어가기 전부터 그녀와 난 소꿉동무로 지내왔다. 그녀는 초등학교를 졸업하고 서울로 올라가 고모네 집에서 서울에 있는 중학교에 다니고 있었다. 중학교 3학년 여름방학을 맞아 시골집에 내려온 터였다.

그녀의 집은 동네에서 부유한 집으로 소문이 나 있었다. 그녀의 아버지는 함부로 접근할 수 없다는 생각이 들 정도로 매사에 엄격한 분이었다. 그러나 막내인 그녀에겐 언제나 관대하고 너그러웠다. 그녀는 아주 예뻤다. 발랄하다 못해 그 정도가 지나쳐 말괄량이였다.

며칠 전 우연히 서울에서 내려온 그녀를 먼발치서 보았는데 서울 물을 먹어서인지 전보다 훨씬 세련되어 보이고 예뻐 보였다. 지나치다 싶을 정도로 상냥하고 명랑한 소녀였다. 아버지는 그러한 그녀를 보고 버르장머리가 없다고 못마땅해하셨다. 지금 그녀가 내 누이동생을 시켜 나를 보자고 하는 것이 아닌가.

마음은 벌써 저만치 그녀가 기다리고 있다는 정자나무 아래로 줄달음질쳐 가고 있었다. 가슴은 두근거리다 못해 답답해져 오는데 몸은 그대로 방바닥에 누워 일어설 줄을 모르고 있었다. 내 모습이 초라하게 느껴졌다. 초라한 내 모습을 그녀에게 보이기 싫었다. 그러나 이러한 내 심정을 알 바 아닌 그녀는 두 번 세 번 누이동생을 시켜 나를 불러내었다.

두 달 전에 들어선 교회는 마을에서 5리 정도 떨어진 산모퉁이 외딴곳에 자리 잡고 있었다. 희자와 난 단둘이서 교회로 향했다. 난 생처음 가는 교회였다.

그녀는 서울에서 교회에 다녔다고 했다. 마침 그날이 주일이어서 주일 저녁 예배에 함께 가자고 나를 불러냈던 것이다. 일 년 만에 다시 보는 그녀는 무척 성숙해 보였다. 외모는 마치 숙녀 같았다. 그러나 나에게 대하는 말투나 행동은 어릴 적 소꿉장난할 적과 조금도 다름이 없었다.

초저녁에 소나기를 한차례 퍼부었던 하늘은 씻은 듯이 개어 있었다. 옥수수 밭 건너 동편으로 둥근 보름달이 떠오르고 있었다. 그 보름달에 젖어 소쩍새가 소쩍! 소쩍! 울어대었다. 밤 들길은 소나기를 머금은 풀 향기로 가득했다.

교회로 가는 길에 시냇물이 흘렀다. 시냇물은 초저녁에 퍼부은 소나기로 제법 물이 불어 있었다. 돌다리로 놓은 징검다리들이 물 속에 잠겨 있었다.

그녀는 정숙한 옷차림을 하고 있었다. 나는 바지를 무릎께까지 걷어 올렸다. 내 등을 그녀의 가슴 앞으로 들이밀었다. 그녀는 기다렸다는 듯이 조금은 장난스럽게 내 등에 찰싹 업히었다. 그녀의 물오른 가슴이 내 등을 뻐근하게 눌러왔다. 나는 빨개진 내 얼굴을 그녀에게 들킬세라 고개를 푹 숙이었다.

그것이 그녀와의 마지막 만남이었다. 그 후로 10여 년 세월이 흐른 후 그녀가 결혼했다는 소식을 전해 들었다.

희자가 왔다

너는 엄마 해라 나는 아빠 할게

흙으로 밥도 짓고 반찬도 만들고
사기그릇 조각에 고이 담아
맛있게 서로 먹여주고 먹고
해 지지 마라 해 지지 마라
하루 종일 붙어 놀던
소꿉동무 희자가 왔다
서울로 진학한 희자가 왔다
여름방학 되어 희자가 왔다
서울 물 먹은 희자 모습
먼발치서 바라본 희자 모습
세련되고 말쑥하고 더 예뻐졌다

부잣집 막내딸 예쁜 희자
명랑하고 상냥한 소녀
울 아버지 버르장머리 없다고
못마땅해하던 희자가
누이동생 시켜 나를 보자 한다
마음은 희자가 기다리고 있다는
정자나무 아래로 줄달음쳐 가는데
가슴은 두근두근 답답해져 오는데
촌뜨기 내 모습 보이기 싫은데
진학 못 한 내 모습 보이기 싫은데
두 번 세 번 연거푸
희자는 누이동생 시켜
자꾸만 나를 보자 한다

소나기

소나기 한 차례 몰고 간 뒤에
옥수수
한 뼘쯤씩 자라고 있을까.

옥수숫대 씹어 단물 빨던 나
잡초처럼 커온
내 고향 월계리.

사모님이 된
소꿉친구 여자아이
내 등에 업히어 수줍이 건너던

홍수 난 시냇물은
옥수수밭 지나 산모퉁이에서
아직도 여전히 흐르고 있을까.

냉동고와 가마솥에서 숨어 지내다

　　　　　　　　　말로만 들어온 서울은 생각보다 복
잡하고 화려했다. 빌딩 숲과 드넓은 차도, 그 위를 꽉 메운 달리는
자동차의 물결, 그리고 수많은 사람들의 행렬, 이 모든 것이 두렵다
못해 무서웠다.

　홍성역에서 장항선 열차를 타고 난생처음 서울역에 내린 난 택
시를 타고 세종로 정부종합청사를 향해 달렸다. 정부종합청사 건물
지하 분식식당에서 주방장으로 일하고 있는 외사촌 형을 찾아가는
길이었다.

　후문 쪽 회전문 앞에 다다른 난 어찌할 바를 몰랐다. 회전문을
통과해야겠는데 어떻게 통과를 하는 것인지 도무지 알 수가 없었
다.

　원통형으로 생긴 투명한 문이 빙글빙글 돌아가고 있는데 그 사
이로 사람들이 들어갔다 나왔다 했다. 어찌질 못하고 문 앞에서 멍
청히 서 있는데 말쑥한 차림의 어느 숙녀가 나에게로 다가왔다. 시

골프기티가 철철 흐르는 내 행색을 보고 도와주려는 것이었다.

"아니, 왜 신발을 벗고 있나요?"

인조석으로 깔린 청사 현관 바닥이 너무 깨끗하게 보여 신발을 신고 들어서면 안 될 것 같아 나는 흙 묻은 운동화를 벗어 들고 있었다.

천사의 마음을 가진 그녀의 도움으로 가까스로 그 회전문을 통과했다. 그러나 나는 로비 앞에서 실망하고 말았다. 마침 그날이 토요일이라 공무원들이 일찍 퇴근하였으며 청사 내의 식당 등 부대시설에서 종사하는 이들도 일찍 퇴근했다는 거였다.

토요일에 상경한 내 잘못이 컸다. 쉽사리 외사촌 형을 만날 수 있으리라 생각했던 것이 어긋났다. 형이 살고 있는 주소를 들고 있어 그나마 다행이었다. 형은 서대문 영천아파트 단지 아래 어느 낡은 집에서 세를 살고 있었다.

세종로에서 독립문 쪽으로 가는 버스를 탔다. 독립문 근처 영천시장 앞에 내리니 이미 날은 어두워가고 있었다. 바로 코앞에 영천아파트들이 보였다. 높다란 산언덕 위에 마치 병풍처럼 서 있는 아파트들 창문으로 휘황찬란한 불빛들이 새어 나오고 있었다.

영천시장 골목을 거쳐 아파트로 올라가는 길은 한두 곳이 아니었다. 이곳인가 싶어 올라가다 보면 길이 막히고 또 다른 길로 올라가다 보면 또 길이 막혔다. 올라갔다 내려왔다 수없이 반복한 끝에 간신히 형의 집을 찾아내었다. 당시엔 밤 12시가 되면 통행금지를 시켰는데 그 통행금지에 걸리지 않아 다행이었다.

월요일이 되자 형은 나를 형이 일하고 있는 정부종합청사 지하 분식식당으로 데리고 갔다. 그리고 11층에 있는 한식식당에서 일할 수 있도록 주선해 주었다.

난생처음으로 해보는 첫 직장 생활이었다. 나는 그곳에서 그릇 씻는 일을 담당했다. 그릇 씻는 담당자가 네 명이었는데 순식간에 산더미처럼 밀려오는 그 수많은 그릇을 제때 씻어내지 못하고 전전긍긍했다. 단순하게만 생각했는데 그릇 씻는 일에도 요령이 있었다. 짧은 시간 안에 보다 많은 그릇을 씻어내는 기술이라 할까 그러한 숙련이 필요했다.

청사 11층에서 내려다보는 세종로 거리는 드넓었다. 그 세종로 거리에 아침저녁으로 책가방을 멘 내 또래 아이들이 까마득히 내려다보였다. 부러웠다. 그러나 그러한 감상들은 일에 쫓겨 이내 잊게 되었다.

형의 주선으로 일은 할 수 있게 되었으나 당장 잘 곳이 없었다. 외사촌 형은 단칸방에서 형수와 두 아이와 살고 있었다. 그 작은 공간에 내가 끼어들 수 없었다. 어쩔 수 없이 청사 안에서 숨어 지내기로 했다.

당시 16세 미성년자였던 난 주민등록초본을 제시하고 방문증을 끊어 청사 안에 들어왔던 것인데 다시 청사 밖으로 나가지 않고 그대로 눌러살았다. 모든 사람들이 퇴근한 후에 그 안에서 숨어 잤던 것이다.

청사 안은 공무원들이 퇴근한 후엔 경비를 담당하는 관리자와 요원들, 당직자들 외엔 개미 새끼 한 마리 얼씬할 수 없는 곳이었다. 순찰요원들이 순찰을 할 시간이 되면 때로는 대형 냉동고 안으로 숨어 들어가기도 했고 대형 가마솥 안에 숨기도 했다. 그럴 때마다 들키면 어쩌나 가슴을 졸였다. 대형 냉동고는 마치 대형 컨테이너 박스 같았다. 밖에서 문을 밀어버리면 안에서는 무슨 수를 써도 열고 나오지 못하게 된 구조를 한 집채만 한 냉동고였다.

나는 그 문이 완전히 닫히지 않도록 살짝 열어둔 채로 숨어 있었다. 주의 깊은 순찰요원이 완전히 닫히지 않은 문을 발견하고 밀어버려 닫아버리면 나는 안에서 꼼짝없이 얼어 죽을 판이었다. 냉동고 안엔 쇠갈고리에 걸어둔 삶지 않은 피 맺힌 쇠고기와 돼지고기가 줄줄이 걸려 있어 을씨년스런 분위기를 자아냈다.

수천 명의 국을 끓여내는 대형 가마솥은 뜨거운 증기로 국을 끓이는 솥이다. 만약 그 누군가가 스팀 장치를 점검한다고 하여 밸브를 연다면 나는 그대로 치명적인 화상을 입을 처지였다. 그러나 잘 곳이 없는 난 그러한 위험들을 무릅쓰고 청사 안에 숨어서 하루하루 고단한 잠을 청했다.

청사 안에서 숨어 잔 지 3개월이 지나갔다. 어찌 보면 가련하기 짝이 없는 생이었지만 그곳에서 요리 기술을 배워보겠다는 일념으로 다른 잡념을 가져보지 않았다. 먼 후일 인정받는 주방장이 될 꿈을 꾸었다.

하지만 그 꿈도 오래 지나지 않아 깨져버렸다. 순찰요원들에게 숨어 잔 것이 들통나고 말았다. 경비실로 끌려갔다.

"이 자식 간첩 아냐?"

야간 경비를 책임지는 경비 부실장의 불호령이 떨어졌다. 다음 날 단순히 잘 곳이 없어 숨어 지냈다는 것이 인정되어, 나는 훈계를 받고 정부종합청사에서 쫓겨났다. 주방장의 꿈을 접은 채.

맑은 하늘을 보면

맑은 하늘을 보면
걱정이 생겨
슬픔도 생겨
어디선가 갑자기
구름들이 달려와
하늘을
온통 덮어버릴 것만 같구먼.

충무로 2가 '진미' 분식식당

1972년 겨울. 당시 대한민국에서 가
장 화려하고 번화한 거리라는 명동과 이어져 있는 충무로 2가 거리
는 세종로 거리와는 또 다른 이미지를 풍겨주었다.

정부종합청사 한식식당에서 일할 수 없게 된 나는 그곳에서 사
귄 동료의 소개로 충무로 2가 '진미'라는 이름을 가진 대형 분식식
당에서 일했다. 여기선 그릇 닦는 일이 아니라 홀에서 음식을 나르
는 웨이터로 일했다.

요리를 배울 수 없어 장래성이 없다고 생각되었지만 숙식을 제
공하고 얼마의 용돈도 준다기에 이곳에서 일하기로 했다.

명동과 충무로의 거리는 양화점과 양복점, 금은방, 술집, 식당,
다방 등으로 이어져 있었다. 거리는 언제나 인산인해를 이루었고
찾아오는 계층도 비교적 다양했다. 그중 비중을 가장 많이 차지하
는 계층은 역시 학생을 비롯한 젊은이들이었다.

당시 서울의 거리에는 음악다방이 유행처럼 들어섰다. 그에 편

승하여 웬만한 분식식당은 음악다방처럼 운영되었다. 내가 일하는 '진미' 분식식당도 이름만 분식식당이지 분식뿐만 아니라 양식과 음료수 그리고 빙과류, 커피 등 각종 차까지 취급하고 있었다. 음악 다방처럼 음악실이 갖추어져 있었고 전문 DJ가 상주하여 손님들이 신청하는 음악을 틀어주고 있었다.

이곳에서 객지로 나와 처음으로 인간의 정을 느꼈다. 내 또래 고 등학교 여학생들로부터 인기 있는 남자 종업원으로, 함께 일하는 형들과 누나들로부터는 사랑받는 동생으로 자리 잡아가고 있었다.

함께 일하던 누나들이 여럿 있었는데 그중 '진희'라는 누나는 나를 친동생처럼 위해주었다. 어느 날은 몸살이 난 내가 보일러실에서 군용 야전 침대를 펴놓고 앓아누웠는데 약을 지어다 주고 틈틈이 정성껏 간호해주었다. 남산과 덕수궁, 창경원 등 서울의 이곳저곳을 구경시켜주기도 했다.

누나는 당시 상계동 판자촌에 집이 있었는데 휴일에만 집에 가고 식당에서 기거했다. 간혹 휴일에 집에 갈 때 나를 데리고 갈 정도로 나에 대한 정이 많았다. 귀티가 날 정도로 귀엽고 복스럽게 생긴 누나의 집안은 우리 집처럼 가난했다.

방이 모자라 누나의 언니와 누나와 나 이렇게 셋이 한 방에서 잠을 자야 할 정도였다. 남동생이 없던 누나는 나를 친동생처럼 그리고 누나가 없는 나는 그녀를 친누나처럼 생각했다.

어느 휴일이었다. 누나와 함께 누나의 상계동 집을 다녀왔는데 식당 분위기가 이상했다. 동료들은 누나와 나를 이상한 눈초리로 바라보았으며 지배인의 얼굴색이 굳어 있었다.

누나가 지배인에게 불려갔다가 나온 후 울고 있었다. 그날 밤 한 동료로부터 누나가 운 이유를 알게 되었다. 지배인이 누나를 좋아하고 있으며 지배인은 나와 누나의 사이를 연인 사이로 오해하고 있다고.

며칠 후 난 '진미'를 그만두었다. 몇 년 후 누나와 지배인이 결혼했다는 소식을 전해 들었다.

첫사랑

녀석이 나보다
부잣집 아들이었다는 것도
학업을 많이 쌓았다는 것도
돈을 많이 벌었다는 것도
그 어느 것 하나도 부럽지 않았다

다만, 녀석이
내 끝내 좋아한다는 그 말 한마디
전하지 못한 그녀와
한 쌍이 되었다는 소식이 들려왔을 적

난 그만
녀석이 참으로 부러워
섧게 울어버렸다

부산교도소에 수감된 소년범 미결수

여간해선 눈 내리는 것을 볼 수 없다는 남녘 부산에 함박눈이 내리고 있었다. 함박눈이 내리는 1972년 12월, 16세 소년 내 발길은 부산진역에 닿아 있었다. 연고가 있어서 내려온 곳이 아니다. 그렇다고 특별히 일자리를 잡아놓고 내려온 곳도 아니다.

고향에서 객지로 나온 지 지난 5개월여 동안 난 몇 곳의 직장을 옮겨 다녀야 했다. 사정과 이유야 어떠했든 간에 직장을 옮겨 다니면서 무엇인가 잘못되어가고 있다는 것을 깨닫게 되었다.

장래성 있는 직업을 찾고 싶었으나 그게 생각처럼 되지 않았다. 아직 미성년자인 데다가 학벌마저 중졸뿐인 내가 갈 곳은 고작 식당 아니면 그 비슷한 업소뿐이었다. 큰 공장에 들어가 기술을 배우고 싶었으나 나이부터 걸림돌이 되었다.

부산엔 무언가가 있을 것 같았다. 그 무언가가 나를 기다리고 있을 것만 같았다. 그리하여 무작정 부산으로 내려왔다. 마침 내리는 함박눈발이 그 기대감을 더 크게 했다.

싸구려 국밥집을 찾아 저녁 끼니를 때우고 역 인근 싸구려 여인숙을 찾아 들었다. 여인숙을 찾아가는 길목 길목에 홍등가 아가씨들이 유혹했지만 거기에 눈 맞출 만큼 한가한 내가 아니었다.

다음 날 부산에서 가장 번화한 거리 남포동을 물어 찾아갔다. 하루 종일 남포동과 광복동 그리고 자갈치시장 등을 배회해보았지만 이 한 몸 어디에 두어야 할지 묘수가 나타나지 않았다. 아니 나타날 리 없었다. 어느새 또다시 저녁이 오고 거리거리의 불빛들은 휘황찬란하게 피어올랐다. 남포동 3가 뉴부산관광호텔 앞에 이르자 '무학성'이란 술집의 조그마한 인공 폭포수가 이채롭게 다가왔다.

폭포수에 이끌려 다가가니 또 다른 이채로운 명물(?)이 버티고 서 있었다. 난쟁이 아저씨! 나이는 이미 중년을 넘어선 것 같은데 온갖 별난 율동을 선보이며 술손님들을 불러들이고 있었다. 나도 모르게 그 짓거리에 정신이 팔려 한동안 구경하고 서 있었다.

"야! 인마, 뭘 봐?"

난쟁이 아저씨가 무례하다는 듯 나에게 따져왔다.

"네, 저어, 갈 곳이 없어서요."

"뭐? 갈 곳이 없어? 자식, 집으로 가면 되잖아?"

"그게…… 집이…… "

"뭐야. 똑바로 말해. 정말 갈 곳이 없냐? 그렇담 여기서 일해봐라!"

그날 밤 나는 이 난쟁이 아저씨 덕분에 무학성 술집의 웨이터 보조로 전격 발탁되었다. 무언가 기다리고 있을 것만 같던 것은 이 무학성 술집이었단 말인가.

무학성에서 한 달 정도 일하던 어느 날이었다. 술 마시러 온 어느 점잖은 중년 사내가 나를 부르더니 다짜고짜로 자신의 명함을 건네는 것이었다. 그리고 내일 아침 자기를 찾아오라 했다. '○○복장 대표 김 아무개' 명함엔 대충 이렇게 적혀 있었다.

다음날 명함의 주인공을 찾아갔다. 그는 나를 보자마자 대뜸 "넌 그런 술집에 있을 놈이 아니다"라며 당장 ○○복장에서 일하라고 했다. 그곳은 당시 전국에 널리 알려진 남성복 전문 판매업체의 남포동 지점이었다. 그날로 나는 그곳에서 신사복 코너를 담당하는 점원으로 일하게 되었다.

신사복 숙녀복 아동복 코너 등을 별도로 갖춘 꽤 규모가 있는 매장이었다. 이곳이야말로 나를 기다리고 있었던 곳처럼 다가왔다. 종업원 중에서 가장 나이가 어린 나는 그 모든 궂은일들을 도맡아 해가며 사장 이하 선배들로부터 점차 인정을 받아가고 있었다.

이듬해 꽃 피는 3월과 4월도 지나가고 5월 4일 밤 10시! 일과를 마치고 늘 해왔던 것처럼 매장 셔터문을 내리러 나온 나는 난감한 광경을 보게 되었다. 어느 취객이 내가 아침마다 정성 들여 닦는 쇼윈도에 오줌을 갈기고 있었다.

"아니, 형. 여기다 오줌을 누면 어떡해요?"

"뭐야? 인마! 나 오줌 누는데 네가 뭔데 간섭이야?"

취객은 느닷없이 내 멱살을 틀어잡고 따귀를 올려붙였다. 그리고 이어 주먹질과 발길질을 해댔다. 잠깐 순간에 일어난 일이었다.

매장 안에서 이 광경을 보고 있던 형들이 튀어나와 취객을 두들겨 패기 시작했다. 얼마나 두들겨 패버렸는지 이빨이 부러지는 등 취객의 몰골은 잠깐 사이에 만신창이가 되어버렸다.

당시 부산에 킥복싱이 유행이었는데 이 형들이 이 운동을 하던 참이었다. 취객이 병원에 실려 가고 나는 무언가 불안했다.

다음 날 새벽, 우리들의 숙소로 경찰들이 들이닥쳤다. 그리고 나를 포함해서 관련자 세 명은 파출소로 연행되었고 곧이어 경찰서 구치소에 수감되었다

나로 인해 싸움이 시작되었기 때문에 내가 주범이 되고 취객을 때린 형들은 종범이 되어 있었다.

그해 5월 5일 어린이날에 연행된 나는 미결수로 부산교도소에 수감되어 7월 8일 집행유예 2년에 8월의 형을 선고받고 풀려났다.

미성년자이면서 초범인 나에게 집행유예가 선고된 것은 내가 강력히 원해서였다. 당시 재판부는 선례를 들어 소년원으로 송치하고자 했다. 그러나 그곳으로 가면 정말 좋지 않은 것만 배울 것 같으니 선처해 집행유예로 선고해달라는 내 간청 어린 진술을 참작해주었다.

당시 담당 판사는 법정에 제출한 중학생 시절 내 문교부 장관상을 법정에서 펼쳐 보였다. 그리고 중학생 시절처럼 앞으로 모범적인 사회인이 될 것을 특별히 주문했다. 그런 뜻에서 1년을 주어야 할 집행유예 기간을 1년 더 연장하여 2년으로 선고한다 했다.

가혹한 선고였으나 지금까지도 난 그때 그 판사를 고맙게 생각하고 있다. 보다 무거운 선고를 하여 추후에 더욱 조심하며 살 것을 요구한 그 마음을 고맙게 생각하는 것이다.

갱생원으로 가는 길목

자로 재놓은 듯이
반듯하게 꾸며진 화단에서
오월 장미는 꽃망울을 터트리고 있었다.

어쩌지 못하고 옮겨 심어져
화단 깊숙이 뿌리를 박아놓고,
가시도 박아놓고,
새빨갛게 터트리는 꽃망울은
차라리 처절한 아픔이었다.

그 아픔은
갱생원 원생의 것인 양
오월의 싱그러움 속으로
바람처럼 사라지고,

저쪽 편 우거진 숲은
빛바랜 높은 담장을
언뜻 가리우고 있었다.

나를 태우고 달리는 시외버스가
과속으로 지나쳐버린
갱생원으로 가는 길목

미성년 수감 생활

미결수 수감 생활 76일은 지금도 많은 것을 생각하게 하고, 많은 교훈을 주고 있다. 뭐 거창하게 어린 나이에 돌출된 행위를 하다 잡혀 들어갔던 것이 아니다. 그렇다고 시국사범이라든가 사상범으로 들어갔던 것도 아니다. 잡스러운 죄목으로 그것도 얼떨결에 잡혀 들어갔다. 거기에다가 소위 머리에 피도 마르지 않은 미성년자의 신분으로.

그렇다면 나는 무엇 때문에 부끄럽기 이를 데 없는 그 수감 생활을 기록하려 하는 것인가. 그것은 그 수감 생활이 내 인생에 있어 아주 소중한 것을 깨닫게 한 실패의 한 부분이기 때문이다. 이유는 이것으로 족하지 않은가 싶다.

당시 내가 수감되었던 부산교도소는 일제강점기에서부터 사용해온 교도소 시설이라 환경이 아주 열악했다. 왜정 시대 때 일본 감시원들이 내국인 수형자들을 감시하기 위해 만들었다는 지하 감시 통로가 감방 마루 밑으로 나 있었다. 그 통로는 이미 시궁창으로 변해 있었다.

수감자들이 몸을 씻은 물을 마룻바닥을 뜯어내 그대로 버리는 것이었다. 물론 간수들의 눈을 피해 몰래 하는 짓거리였다. 4.78평 잡방 안에 30여 명의 죄수들이 그야말로 칼잠과 이층잠을 자야 했다. 잠잘 자리가 부족해 맨 나중에 들어온 사람이거나 힘이 없는 사람은 변기통에 기대어 앉은 채로 자야 할 형편이었다. 나도 처음 며칠간은 그 변기통에 기대어 잠을 잤다. 그래도 낮에 하루 종일 마룻바닥에 가부좌를 튼 채 부동자세로 앉아 있어야 하는 고역을 당해서인지 나도 모르게 잠이 왔다.

감방 안에서는 서열이 매우 엄격하게 구분되어 있었다. 감방장 이하 방의 기강을 잡는 사람, 방의 청결 등 환경을 담당하는 이, 밥을 받는 배식 담당, '메아리'라는 별칭을 갖고 작디작은 깨진 거울 조각을 시찰통 모서리에 대고 간수들의 동태를 살피는 사람, 감방장의 안마를 맡은 사람, 변기통을 담당하는 이 등등.

감방 안에 들어가면(입방) 먼저 들어온 사람들로부터 몰매를 맞는 신고식을 당한다. 나는 이 신고식을 얼마나 호되게 당했는지 거의 한 달간은 제대로 무릎을 펼 수 없을 정도였다.

가장 심하게 당했던 부분은 무릎을 꿇은 상태에서 상대방이 발뒤꿈치로 허벅지 위를 내리찍는 폭행이었는데 그 폭행으로 인해 거의 한 달간을 절뚝거렸다.

어느 날 취침 나팔이 불고 잠자리에 누웠는데 도무지 잠이 오지 않았다. 철창 너머로 밤하늘의 별들이 아른아른 다가왔다. 초여름 캄캄한 밤하늘의 별들이 그처럼 애처롭게 다가온 적은 없었다. 코

끝이 찡해왔다. 눈시울이 아파 왔다.

병석에 누워 계신 어머니의 야윈 얼굴이 별들 사이로 오버랩되어 다가왔다. 늘 나를 자랑삼아 살아오신 아버지의 탄 물 밴 얼굴이 나를 더욱 아프게 했다.

며칠 전 불원천리, 충청도 홍성에서 부산까지 그 머나먼 길을 달려온 아버지와 면회 시간 내내 서로 말 한마디 나누지 못한 채 울다 헤어진 기억이 나를 괴롭혔다. 아버지는 지금 나로 인해 얼마나 마음 아플까 생각하니 나 자신이 너무 미워졌다.

'아! 불쌍한 부모님! 노고를 덜어드린답시고 돈 벌러 나온 놈이 되레 커다란 짐만 되어 드리다니…….'

내가 한심스러웠다. 이제 전과자가 되었으니 어찌한단 말인가. 차라리 소년원으로 송치되길 바랄까. 소년원으로 송치되면 전과는 남지 않는다지 않는가. 아니야. 이런 곳에 있으면 있을수록 내 마음에 나쁜 물이 들 거야. 내 마음에 더 이상 나쁜 물이 들면 어떡한다? 전과가 남아도 빨리 이곳에서 헤어나야 해. 나가서 정말 착하고 선하게 살면 되지 않을까. 나가면 이번 일을 교훈 삼아 정말 착하고 선하게 살자.

이런 생각들이 꼬리를 물고 있을 때 갑자기 3사 건물 어느 감방에서 외마디 비명 소리가 자지러지게 들려왔다.

"아악! 내 눈! 내 눈……!"

다음 날 아침 운동 시간에 전날 밤 외마디 비명 소리의 전말을 알게 되었다. 3사의 어느 감방장이 새로 들어온 신참에게 자신의 성기를 입으로 애무하도록 했는데 극도로 모멸감에 사로잡힌 그 신

참이 몰래 숨겨놓은 젓가락으로 잠이 든 감방장의 눈을 찔러버렸다
는 것이었다.

　이러한 일련의 좋지 않은 사건들을 접할 때마다 나는 하루빨리
감방에서 헤어나고 싶었다.

　며칠 후 나는 교도소 문을 나서고 있었다. 그 길이 또 다른 실패
의 길이라는 사실을 까마득히 모른 채.

아버지의 눈물

천구백이십이년 생
칠순 나이
우리 아버지는
오늘 눈물을 흘리셨습니다.

대동아전쟁 때
징용으로 끌려가
사할린의 아픔을
잊지 못하시는 우리 아버지

육이오 그 유월의
슬픈 역사 속에
맏이와 둘째를
영원히 묻어버린 우리 아버지

나 어린 시절

탄광에서
가난을 캐어 내시던
우리 아버지

막걸리 한 사발에
탄가루 맺힌 목
터시던 밤이면

나 불러놓고
동생들 불러놓고
어머니 부르시어

돌아가신 할머니
못 잊어서 못 잊어서
돈 없어
호강 못 시켜드렸다며

〈비 내리는 고모령〉을
눈물로 반주 삼아
밤새도록 꺼이꺼이
부르시던 우리 아버지

막장 생활에
골수염 얻어
서 마지기 다랑논
끝내 지킬 수 없어

맘 없는
서울 땅에 흘러와서는
취로사업
한강 줄기 다듬으시고

버스비 아끼고자
송파에서 길동까지
잠실에서 길동까지

오다가다
걷게 되는 잠실대교
그 기나긴 난간을 붙잡고서

말없이 말없이 흘러가는
한강물에
몇 번이나 투신하고 싶었다는
우리 아버지

자식 중 하나만이라도
꼭 공부를 시켰어야 했다고
두고두고 말씀하시던
우리 아버지

내 첫 시집
받아 드시고
네 소원 풀었으니

내 소원 풀었다고

당신 이야기는
하나도 안 써넣은
불효 시집 붙잡고서
오늘, 눈물을 또 흘리셨습니다.

싹이 괜찮았던 놈 별스럽구나

거의 1년 만에 다시 밟는 서울 땅은 변함이 없었다. 답답하고 꽉 막힌 그 무언가가 여전히 나를 압박하고 있었다.

출감 후 고향 월계리에 들려 부모님께 잘못을 빌고 곧바로 서울로 올라왔다. 마주치는 고향 어른들의 눈초리는 '싹이 괜찮았던 놈이었는데 별스럽구나'라는 눈총으로 다가왔다.

빨리 고향 땅을 벗어나고 싶었다. 이제는 굶어 죽는 한이 있더라도 식당이나 술집에선 다시는 일하지 않기로 했다. 하찮은 기술이라도 기술을 배우고 싶었다.

자동차 정비 기술이 전망이 있을 것 같아 기웃거려보았으나 가는 곳마다 신원증명서와 재정 보증서를 요구하고 있었다. 교도소에서 이제 막 출소한 놈인데 신원증명서가 온전할 리 없었다. 그 어느 곳에서 전과자를 선뜻 받아주겠는가.

지금도 그렇지만 당시 전과자에 대한 사회의 냉대는 아주 심했다. 벌써부터 전과가 나의 생명줄을 옭아매고 있었다. 신원증명서를 요구하지 않는 곳을 찾아 나설 수밖에 없었다.

며칠 동안 헤매자 올라올 때 지니고 온 몇 푼의 돈이 바닥이 날 지경이었다. 그래도 다행인 것은 돈이 다 바닥나기 전에 월세방을 얻어놓았다는 것이다. 싸구려 방을 찾아다니다 중랑천변 판자촌에 방 하나를 얻어놓았다.

출소한 지 얼마 되지 않은 내 머리는 아직도 빡빡 밀린 머리였다. 빡빡 밀린 나의 머리는 직장을 구하러 다니는 데 장애물이 되었다. 자연스레 깎은 스포츠형 머리도 아니고 아무렇게나 밀어버린 머리가 숭숭 자라고 있었으니 보는 이마다 당연히 좋지 않게 보는 것이었다.

굶기를 밥 먹듯이 해야 했다. 그 정도는 날이 갈수록 더 심해져 갔다. 식당에서 일하는 형을 찾아갔으나 한 끼 정도의 식사 이상으로는 더 기대할 수가 없었다.

하루 종일 직장을 구하러 헤매다가 기가 죽어 자취방으로 기어 들고 있는데 중랑천변 인분 냄새 사이로 이상야릇한 냄새가 내 코를 찔러대고 있었다. 살펴보니 중랑천변에 자리 잡은 조그마한 공장 굴뚝에서 나는 냄새였다. 냄새를 따라 그 공장을 찾아갔다.

"이곳은 환경이 굉장히 열악하고 고단한 곳인데 견디어낼 수 있겠나? 며칠 하다 그만둘 것이면 애초에 시작하지 않는 게 좋아."

아! 드디어 일할 곳을 찾았구나.

"견딜 수 있습니다. 열심히 하겠습니다. 감사합니다."

이날 이 순간이 계기가 되어 나는 이후 20년간 에나멜 동선 제조 업체에 몸을 담게 되었다.

감사한 마음으로 다음 날 출근을 했다. 작업 현장에 들어서니 40도를 오르내리는 실내 온도가 숨을 콱 막히게 했다. 뜨거운 열기도 열기지만 동선에 피복을 입히는 특수 도료가 건조로를 통해 건조되는 과정에서 내뿜는 시너 등 화공약품 타는 냄새와 연기, 동선에서 날리는 동가루가 제대로 숨을 쉴 수 없게 만들었다.

환경이 이토록 열악해서인지 이곳에서 일하는 이들의 성격도 과격했다. 선임자들은 조금만 자기 맘에 안 들어도 망치나 스패너 등 공구를 집어던지기 일쑤였다. 글자 그대로 분위기가 아주 살벌했다. 걱정이었다. 이러한 분위기에서 자칫 다툼이 일어난다면 어떻게 할 것인가. 나는 지금 2년간 형을 유예받고 있는 처지가 아닌가. 조심해야겠다. 다툼을 피하고 어떠한 불합리한 일들이 나를 자극해도 참아내고 참아내자.

이러한 나의 다짐을 비웃기라도 하듯 선임자들은 툭하면 욕지거리를 퍼붓고 공구를 집어던지고 하는 것이었다. 그들 선임자들이 나보다 나이가 월등히 많은 것이 아니었다. 나처럼 일찍 객지로 나온 내 동갑 나이도 있었다. 그들은 다른 이들보다 더 나를 모질게 대했다.

사사건건 며칠간 지속적으로 시비 아닌 시비를 걸던 그들은 어느 날 퇴근 후 나를 으슥한 골목으로 데리고 가는 것이었다. 소위 신참 신고식을 하겠다는 거였다. 골목으로 가면서 나는 되뇌었다. 무슨 일이 있어도 참아야 한다고.

골목에 이르자 서너 명이 나를 빙 둘러싸고 노골적으로 시비를 걸어왔다. 그중 하나가 "빵에 다녀왔냐?" "별은 몇 개 달았느냐?"며 내 멱살을 잡고 흔들어댔다.

난 그저 잘 봐달라고 했다. 정 나를 패주고 싶으면 한 사람씩 패달라 했다. 같은 조건에서 때리고 맞아야 사내답지 않으냐고 했다. 여럿이서 한 사람을 두들겨 패면 무슨 맛이 나겠냐고 했다. 맞기로 작심하고 마음을 골목에 내던져버렸다. 두 번 다시 감방엔 가기 싫었다.

헌데, 정작 흠씬 맞기로 작심하고 몸과 마음을 내던져버리니 상대들도 그런 싱거운 게임을 하기 싫어서인지 손을 내미는 거였다. 친구가 되어보자는 거였다.

그렇게 친구가 된 종구라는 친구는 초등학교도 제대로 나오지 못한 친구였는데 나를 매번 감동시키고 아프게 했다. 종구는 나를 유별나게 좋아했다. 아니 내가 더 그를 신뢰하고 좋아했는지도 모른다. 그는 나와 동갑이었는데 우린 피를 나눈 형제처럼 서로 의지하며 지냈다.

그는 먹을 게 생기든 지닐 게 생기든 그 무엇이든 나누고자 했다. 집안의 일도 상의하고 서로의 고민도 털어놓았다.

지금 생각해보아도 나눔의 아름다움을 그리 철두철미하게 생활에 적용시킨 자는 그 이상 만나보지 못한 것 같다. 그는 나눔의 실천자였다.

그를 볼 때마다 "저런 이가 공부를 많이 했어야 했는데……"라며 아쉬움에 젖기도 했다. 종구는 효자였다. 매월 월급을 거의 다 고향

집 부모님께 보내드리고 있었다. 종구네는 우리 집만큼이나 가난했다.

그런 종구가 끝내 나를 아프게 했다. 몸이 아프다며 귀향을 한 후 얼마 지나지 않아 이 세상을 떠나고 말았다. 당시 우리가 일한 현장은 작업 성격상 폐결핵에 걸리는 경우가 많았다.

그는 일찍 세상을 떠났지만 아직도 내 가슴에 하나의 감동으로 남아 실패자의 인생에 용기와 위안을 주고 있다.

저 하늘에 구름이 흘러 흘러

저 하늘에
구름이 흘러 흘러
먹구름 비구름
속절없이 흘러 흘러

이렇게도
비가 오는
날 어두운
날이면

내 고향 비얄진 땅
버려진
묵정밭 잔돌들이
생각납니다.

빈손 쥔
농자(農者)들만 같은
묵정밭
그 잔돌들

이 변두리 공단 마을
빈자(貧者)들 되어
가슴 저리게 가슴 저리게
생각납니다.

또다시 문학의 꿈을 접다

나는 언제나 파김치가 되어 있었다. 열두 시간씩 주야 교대로 해야 하는 공장 일은 늘 힘에 부쳤다. 작업 현장 온도는 늘 섭씨 40도에 육박하고 있었다. 땀을 비 오듯 흘리고 나서 소금 한 움큼을 집어먹고, 또 땀을 흘리고 소금 한 움큼을 집어먹고 하는 그야말로 '병아리 물 먹는' 노동 현장이었다.

사무실에서 근무하는 여자들이 퇴근해서 보지 않는 야간 일을 할 땐 그냥 팬티만 입고 일할 때도 있었다. 그러다가 때로는 불에 시뻘겋게 달궈진 동선에 화상을 입기도 했다.

그래도 난 행복했다. 박봉이지만 꼬박꼬박 부모님께 월급을 보내드릴 수 있다는 것이 다행스러웠다. 몸은 고달팠지만 마음의 안정을 찾아가고 있었다. 마음의 안정을 찾게 되니 점차 옛 생각이 났다.

초등학교 4학년 때 어느 가을날 김소월의 시 「진달래꽃」에 반해 시인이 되고 싶었던 기억이 떠올랐다. 그리고 문학의 꿈을 접어야 하는 서운함을 달래기 위해 중학교 졸업 직후 라디오 드라마 극본을 집필, 공모에 응모했던 것도 생각났다.

청계천변에 고서점이 많다는 누군가의 이야기를 듣고 청계천 고서점을 찾아갔다. 당시 청계천변에는 2가에서 8가까지 고서점이 즐비하게 늘어서 있었다. 서점에는 각종 양서들이 빼곡히 들어차 있었다. 지금도 그 서점 중 소수 일부가 남아 있으나 그때의 영화는 찾아볼 수 없다.

야근하는 날이면 잠 때문에 어쩔 수 없었지만, 낮에 일하는 날엔 어김없이 청계천 고서점을 찾아갔다. 고서점의 책들은 헌 책들이라 가격이 쌌지만 필요하다 해서 모두 사 모을 순 없었다. 정말로 필요하다 싶은 책 말고는 서점 한 귀퉁이에 서서 읽었다. 서점 주인들은 대개 책에 대하여 관대했다. 매번 영업 방해를 하는 나에게 싫은 소리를 하지 않았다.

이때 푸시킨과 릴케, 두보, 니코스 카잔차키스 등을 만나 큰 감동을 받았다. 시나리오 작법 등도 독학하는 기회를 가질 수 있었다. 이러한 나의 행태는 어찌 보면 문학에 대한 향수였는데, 이 향수는 2년여간 지속되었다. 읽는 시간도 부족해 감히 습작은 염두에 두지 못했다.

"총각, 잠들었어? 밥 타! 밥 다 탄다구!"

바로 옆방에 사는 젊은 아줌마가 다급히 깨우는 소리에 벌떡 일어났다. 연탄 화덕 위에 냄비를 얹어놓고 밥이 되는 동안 문지방에 걸터 잠시 누워 쉰다는 것이 그만 잠이 들어버린 모양이었다.

이 무렵, 몸이 불편하여 더 이상 탄광에 다니지 못하겠다는 아버지의 편지를 받았다. 어머니의 병세가 더욱 악화되어간다는 소식도 담겨 있었다. 때문에 어차피 이렇다 할 가산도 없는데 아예 서울로 이사를 와야겠다는 사연이 실려 있었다.

아무리 생각을 해봐도 이러한 상황에서 문학에 심취한다는 것은 무리라는 생각이 들었다. 현실에 순응하기로 했다. 언제든지 기회가 오면 그때 다시 다잡아보기로 마음먹었다.

또다시 문학의 꿈을 접는 실패의 순간이었다.

씨감자
— 상처

토실토실한 감자알을 주렁주렁 매달고
다시 살아날 수 있는 씨감자가 되려면

상처를 입어야만 해
상처도 혈서를 쓰듯
새끼손가락 하나 깨물어 피만 조금 내는
그러한 조그마한 상처가 아니라

적어도 두서너 번은
성한 몸뚱이
온전히 절단당하는
그야말로 치명적인 상처를 입어야만 해

그래야만 상처 입은 몸
미련 없이 푹 썩히어
새싹을 틔우고 새 줄기를 내리고
끝내는 새 감자알을 키워나가는

감자밭 이랑에
비로소 묻힐 수 있는 거야

나 하나만 생각하면 그깟 공부 하나 못할까

1977년 겨울 어느 날이었던 것으로 기억된다. 서울 강서구 가양동에 있던 에나멜 동선 제조업체에서 하루 열두 시간 주야 교대로 일을 하고 있었다.

어느 날 아침 자고 일어났는데 덮고 잔 이부자리가 흥건히 젖어 있었다. 잠이 든 사이 나도 모르게 흘린 식은땀 때문이었다.

어느 순간 가슴이 답답해오고 식욕도 없어지고 감기 몸살이 잦았다. 열악한 환경으로 인해 혹시 폐에 이상이 생기지 않았는가 싶어 영등포에 있는 모 흉부외과 전문의를 찾아갔다.

진찰 결과 폐에는 이상이 없었다. 담당 의사는 건강에 좀 더 유의하라는 충고를 해주었다. 염려했던 폐에 이상이 없다니 다행이었다. 동료들 몇몇이 폐병에 걸려 낙향하는 모습을 보아왔던 터라 내심 걱정을 했었던 것이다.

병원 문을 나서니 눈발이 날리고 있었다. 영등포 전철역으로 향했다. 수원에서 살고 있는 사촌 누나네 집에 가기 위해서였다. 승강장에서 수원으로 가는 전철을 기다리고 있는데 누군가가 말을 걸어왔다.

"저어, 여기서 수원으로 가려면 구로역에서 전철을 갈아타야 하나요?"

아가씨였다. 빼어난 미인은 아니었으나 한눈에 귀엽다는 인상을 강하게 풍기고 있었다. 당시 유행했던 우체부 가방만 한 커다란 가방을 어깨에 메고 있었다. 옷차림도 세련되어 보였다. 행색으로 보아 영등포에서 수원 가는 전철에 대해 모를 리가 없어 보이는데 그걸 내게 묻고 있다니 의아하다는 생각이 들었다(이후 그녀는 나에게 접근하기 위해 그날 일부러 그렇게 물어왔다고 고백했다).

"여기서 수원으로 가는 전철을 타면 됩니다. 수원으로 직접 가는 전철이 있거든요."

"고맙습니다."

몇 분 후 수원행 전철이 도착하고 나는 행인들 틈에 끼여 전철에 올라탔다. 전철 안은 수많은 인파로 붐비고 있었다. 창밖엔 여전히 눈발이 날리고 있었다.

"저어, 어디까지 가세요?"

소리 나는 쪽으로 고개를 돌려보니 조금 전 승강장에서 길을 묻던 아가씨가 얼굴을 빤히 치켜든 채 내게 묻고 있었다.

"수원까지 갑니다."

더 이상 긴 대답이 필요하지 않다 싶어 간단히 대답했다. 그런데도 그녀는 계속 말을 걸어오고 있었다.

"수원에서 살고 계세요?"

"아니요."

"그럼 무슨 일이 있어 가시는 건가요?"

집요하다 싶을 정도로 던져오는 그녀의 질문에 어느새 우린 오래전부터 알고 지내온 사이처럼 많은 이야기를 나누게 되었다.

부곡에서 살고 있다는 그녀는 초면에 실례가 많았다며 차를 한잔 살 테니 부곡에 잠깐 내렸다가 가면 안 되겠냐고 보채왔다. 그것은 거의 반강제였다.

순간, 그녀의 정체가 의심스러웠고 그 의도가 아리송했다. 며칠전 신문에서 일부러 지나가는 남자를 유혹해 데이트를 하다가 우연히 남편에게 들킨 것처럼 꾸며 금품을 갈취하는 등 불량한 무리들이 있다는 기사를 보았는데 혹시 그런 여자는 아닌지 의심이 갔다.

그러나 나의 발길은 어느새 그녀를 따라 부곡역에서 하차하고 있었다. 우린 역전 지하 다방으로 들어가 자리를 잡았다.

그녀는 발랄하고 명랑한 성격을 갖고 있었다. 처음 만난 사이인데도 스스럼없이 많은 이야기들을 주절이 늘어놓았다. 이와 같은 인연으로 그녀와 나는 머지않은 후일에 애인 사이가 되어버렸다.

그런데 사이가 가까워지면서 나는 감당하지 못할 사실을 알게 되었다. 그녀는 내가 의사 수업을 받고 있는 것으로 착각하고 있었다.

영등포 전철역에서 처음 그녀를 만나던 날 나는 폐를 촬영한 엑스레이 필름을 담은 병원 봉투를 들고 있었는데 그녀는 그것을 보고 내가 병원에서 근무하고 있는 것으로 착각했던 것이다. 병원에서 의사 수련을 받고 있는 것으로 알았던 것이다. 내 몸에서는 에나멜 동선을 제조하는 과정에서 취급하게 되는 화공약품 크레졸(소독약) 냄새가 강하게 풍기고 있었으니 이러한 정황들을 종합하여 제멋대로 판단했던 것이다.

"의사 직업은 이민 가기가 수월하대. 우리 오빠들이 미국에 이민 가서 살고 있거든. 우리도 이다음에 이민 가서 살자."

이럴 수가! 이런 낭패라니……! 그렇담 이 여자는 내가 예비 의사인 줄 알고 처음부터 계획적으로 접근했다는 것이 아닌가? 그럼 애당초 수련의냐고 물어볼 것이지, 물어보지도 않고 제멋대로 북치고 장구를 치다니…… 한편으론 괘씸하기까지 했다. 나를 원하는 게 아니라 의사라는 직업을 더 원했던 게 아닌가.

사이가 더 깊어지기 전에 이 사실을 알게 된 것이 다행이었다. 그래서 그날 그녀에게 내 직업이 그녀가 착각하고 있듯이 병원의 종사자가 아니라고 말해주었다. 그리고 중학교밖에 나오지 않았으며 밑바닥 인생을 살고 있는 사실 등을 그동안 살아온 이야기와 곁들여 모두 다 말해주었다.

그녀는 내 이야기를 듣는 동안 벌어진 입을 다물 줄을 몰랐다. 그러나 그녀는 나를 원망하지 못했다. 내가 그녀를 속인 것이 아니고 그녀 자신이 그렇게 미루어 짐작한 것이기 때문이었다.

내 이야기를 다 듣고 난 그녀는 푸념 같은 말을 내뱉었다.

"그런데 왜 훈이 씨는 외모를 보나 뭘로 보나 공돌이처럼 보이지 않는 거지? 모든 것이 병원에서 일하는 사람으로 보였단 말이야."

이런 참 딱하긴. 공돌이는 몸에 공돌이라고 쓰고 다녀야 하나! 그녀가 측은하게 보였다. 어찌 보면 그녀를 미워해야 하는데 그녀가 참으로 안쓰럽게 생각되었다.

그녀는 인천시 사동에 있는 모 증권회사 지점에서 일하고 있었다. 증권업이 시작된 지 얼마 되지 않았을 때였다. 따라서 당시 그녀의 직업은 젊은이들의 선망의 대상이었다. 그녀는 그곳에서 유능한 사원으로 인정받고 있었다.

"훈이 씨! 지금부터 공부해. 모든 것은 내가 다 해줄게. 나 돈 많이 벌잖아. 자기는 지금부터 공부하면 무엇이든 할 수 있을 거야. 돈 걱정하지 말고. 내가 다 뒷바라지해줄게. 응?"

그러나 나는 그녀의 제안을 받아들일 수 없었다. 그녀의 마음을 이해할 수 있었으나 당시 내가 덜렁 공부한다고 나서면 우리 집 가계는 책임질 사람이 없었기 때문이었다. 그렇기 때문에 중학교를 졸업하자마자 이 모양으로 사회에 뛰어들었지 않은가. 나 하나만 생각하면 그 무슨 짓을 해서라도 그깟 공부 하나 못할까.

그날 이후로 그녀로부터 여러 차례 만나자는 연락을 받았으나 다시는 그녀를 만나지 않았다. 길지 않은 짧은 만남이었지만 참으로 많은 정이 들었던 그녀였는데.

신새벽 이르는 길목

무엇이 별을 만드는가
무엇이 달을 만드는가

흘러가는

먹구름 하나를
무엇이 묵화로 만드는가

어둠이 오고
바람이 조금 불 때
별과 달과 구름을
시(詩)로 보았다

어둔
밤이여!
이제 너의 정처를 정해다오

신새벽
이르는 길목에서

짐 풀어
시(詩)를 쓰는 나에게도
쉴 곳을 정해다오

제2부

공장 파지에 시를 쓴, 실패한 시인

그녀에게 미안한 40년

1979년 4월 15일. 개나리가 노오랗게 만발한 봄날에 나는 김상례에게 장가를 갔다. 내 나이 25세였으니 다른 사람들에 비해 비교적 일찍 간 장가였다.

우린 펜팔로 만났다. 부천시에 있던 공장 기숙사에서 우연히 모 주간지를 뒤적이다 거기에 난 펜팔 광고를 보고 신청을 한 게 계기가 되었다.

배운 것도 신통치 않고 그렇다고 이렇다 할 가문의 배경이 있는 것도 아니고 개인적으로 모아둔 재물이 있는 것이 아니었기에 난 늘 이성에 있어 적극적이질 못했다.

그동안 혈기 왕성한 젊은이 입장에서 이성과의 교제가 전혀 없었던 건 아니지만 난 늘 그녀들로부터 위축되어 있었다. 정말 맘에 드는 상대가 나타나도 내 처지만 생각하면 적극적으로 나서질 못했던 것이다. 가까이 접근을 하면 제 주제를 파악하지 못하고 있다며 면박을 줄 것만 같아 그냥 지나치고 말았다.

궁여지책으로 펜팔을 해보기로 했다. 펜팔은 일부러 만나지 않아도 되고 편지로만 오가며 서로의 마음을 나눌 수 있기에 마음이 놓였다. 서로에게 상처를 남기지 않을 것 같았다.

『선데이 서울』이라는 잡지에 광고가 난 펜팔을 주선해주는 업체에 연락했다. 내 나이와 직업, 출생연도, 출생지, 성격 등을 적고, 내가 원하는 상대방의 연령, 직업 등을 아울러 적어 신청했다.

상대방의 나이는 나보다 네 살 어린 나이부터 한 살 많은 나이까지를 택했다. 특별한 이유는 없었다. 혹 나보다 나이가 한 살 많은 이성이 펜팔 상대가 된다면 어린 이성들과는 색다른 의미가 있을 것 같았다.

주선해주는 업체에서 세 사람의 인적 사항을 보내왔다. 각각 세 사람이 직접 쓴 자필 신청 편지도 동봉하여 보내왔다.

한 사람은 대구에 사는 아가씨였는데 은행원이었다. 그리고 한 사람은 청주에 사는 아가씨였는데 그곳에 있는 모 대기업체에서 여공으로 일하고 있었다. 마지막 한 사람은 충청도 아가씨였는데 인천시 부평 4공단에 있는 기업체에서 여공으로 일하고 있었다.

처음 몇 번은 세 아가씨 모두와 편지를 주고받았다. 그사이에 대구의 은행원은 내 직업이 주야간을 하는 공돌이라는 것을 알고(처음부터 상대방들에게 내가 하는 일을 아주 세밀하게 구체적으로 밝혀주었다) 이후부터 펜팔을 끊었다. 그리고 얼마 후 청주 아가씨는 생각하고 있는 것이 나와 너무 멀어 내가 편지를 주고받는 것을 그만두었다.

부평에서 여공으로 일하고 있는 아가씨만 남았다. 그녀는 공교롭게도 내 고향인 충청남도 홍성이 고향이었다. 같은 홍성군이었지만 거리는 약 50여 리 떨어진 곳이었다. 고향이 같은 행정 구역이라서 그런지 어딘지 모르게 편안했다. 더구나 그녀는 나보다 나이가 한 살이 많았다. 개월 수로 따지면 4개월 먼저 태어났으나 엄연히 나보다 한 살 위인 연상이었다.

우린 1년간 편지를 주고받았다. 1년간 오고 간 편지는 약 2백여 통에 달했다. 우린 그 편지 속에 웬만한 비밀까지도 다 털어놓았다. 그리고 펜팔을 시작한 지 1년 만에 만났다.

처음 만났으나 우린 이미 편지를 통해 서로에 대해 많은 것을 알고 있었기에 아주 오래전부터 만나온 사이처럼 자연스럽게 상대를 대할 수 있었다.

그녀는 성실했다. 나처럼 가정 형편이 좋지 않아 비록 공순이 생활을 하고 있었으나 생각하는 것이 건강했다.

우린 피차 가난하였기에 자주 만날 수가 없었다. 만나고 싶어도 아껴서 만나야 했다. 대신 열심히 편지를 보내고 받았다. 서로 보고 싶어 어쩌다 만나면 돈이 안 드는 거리를 하루 종일 배회하곤 했다. 그렇지 않은 날엔 공원에서 시간을 보냈다.

호주머니 사정을 감안하여 돈 안 드는 데이트를 해온 우리가 돈을 들여 데이트를 한 적이 몇 번 있었는데 그중 가장 기억에 남는 것이 있다. 당시 지금의 경인선 전철역 중의 하나인 송내역 근처는 복숭아밭과 포도밭으로 유명했다. 소문을 듣고 서울에서도 많은 이들이 찾아왔던 곳이다.

우린 큰맘 먹고 그곳을 찾아갔다. 그런데 농장 주인이 덤으로 포도와 복숭아를 얼마나 많이 주던지 먹다 남아서 봉지에 싸 오기까지 했다. 그때 그녀가 포도를 아주 좋아한다는 걸 알게 되었다. 첫 아이를 임신해서는 포도만 찾을 정도였다.

어느 날 그녀는 고민에 빠졌다. 집에서 자꾸 혼사 이야기를 꺼낸다는 거였다. 나이가 스물여섯 살이니 결혼 적령기를 넘길까 봐 집안에서 걱정을 한다는 거였다. 당시는 여성들 결혼 적령기를 스물다섯 살로 보았다.

난 모든 상황이 결혼할 처지가 못 되었다. 집안을 돌보아야 할 입장이었다. 그러나 그녀와 결혼하기로 했다. 모든 면에서 서로가 많이 힘들겠지만 서로 마음을 합하여 노력하면 안 될 일이 없을 것 같았다. 펜팔하던 그 마음으로, 데이트하던 그 마음으로 서로 위해주고 협력하면 어떠한 것이든 헤쳐나갈 수 있을 것 같았다.

우린 결혼했다. 그리고 40년을 함께 살아왔다. 그러나 나는 아직도 결혼 첫날밤 그녀와 약속한 걸 지키지 못하고 있다. 결혼하면 공순이 생활을 접게 해준다고 약속했던 것인데 그 약속을 지키지 못했다. 아직도 그녀는 이런저런 역할로 우리 가정의 든든한 한 축이 되어주고 있다. 내게는 참으로 고마운 일이나 나는 참으로 그녀에게 미안하다.

한평생 못 지을 집

한평생
흙 위에
못 지을 집이라서

못내
서러운
맞벌이 아내야

내 가슴
터 삼아
당신의 집 지으라

나는
당신 위해
흙이 되기로 하였나니

집 짓거들랑
뒤뜰에
해당화 심어놓아

나를 위해
흘리는 눈물
살며시 감추어도 보라

남근을 붕대로 싸맨 노동

살다 보면 작든 크든 주기적으로 특별한 시련이 따르는 모양이다. 늘 실패하는 삶이었지만 그 실패 속에서도 특별한 시련이 몇 차례 찾아왔다. 이 시련들은 늘 예고 없이 찾아왔다.

1982년 햇볕 따가운 7월 어느 날이었다. 결혼한 지 4년째 접어들고 있었다. 당시 나는 경기도 부천시 원미구에서 살고 있었다. 결혼 첫해에 얻은 큰아이와 태어난 지 1년이 된 둘째 아이 그리고 아내 이렇게 네 식구가 한 가정을 이루고 살았다. 결혼 후 박봉이었지만 알뜰히 저축하며 내일을 준비했다. 그 결과 이즈음 조그마한 연립 한 채 마련할 수 있는 여력이 되었다.

이 무렵, 내가 일하고 있던 에나멜 동선 제조업은 '도시 B형 업종'이란 유해 업종이라서 서울에 있던 사업장들이 지방으로 이전되었다. 서울특별시에서 지방으로 쫓겨난 셈이다. 내가 일하던 사업체도 부천으로 이전해 왔다.

낮일을 마친 난 늘 해오던 대로 집에 돌아와 샤워를 했다. 샤워를 하고 나자 으슬으슬 온몸에 몸살 기운이 도는 것 같았다. 현장에서 작업하는 동안 하루에도 몇 번씩 더위를 씻어내느라 물을 뒤집어쓰고, 흘린 땀을 보충하느라 소금을 집어 먹고 하니까 그 여파로 인해 감기가 몸에서 떠날 날이 없었다. 이런 현상은 나뿐만이 아니라 모든 동료들이 겪는 공통적인 현상이었다.

약국에서 지어 온 감기약을 먹은 지 불과 몇 분이 지나지 않아 온몸이 심하게 가려워왔다. 특히 입속과 남근 등 피부가 연약한 부분이 심했다. 다음 날 아침이 되자 온몸에 붉은 반점들이 나타나고 그 반점들이 돋아난 부분의 피부가 벗어지며 진물이 흘렀다. 남근은 표피가 홀딱 벗어져 그야말로 하나의 고깃덩이로 변했다. 피가 흐르고 진물이 흐르고……. 온몸 전체가 하루 사이에 엉망이 되어 버렸다.

병원으로 달려갔으나 확실한 진단이 나오지 않았다. 다른 병원으로, 또 다른 병원으로, 서울이든 지방이든 피부병을 잘 본다는 병원은 다 찾아갔으나 어떠한 병인지 뚜렷한 진단을 내리지 못했다. 어느 곳은 진균으로 인한 피부병이라 하고 어느 곳은 약 부작용이라고 했다.

이후 5년이 흐른 뒤에서야 우연히 약 부작용이었다는 사실을 밝혀내게 되었다. 하지만 당시엔 확실한 진단이 나오지 않은 상태로 막연한 치료에 의존할 수밖에 없었다.

전문가에 의하면 인체는 살아가면서 체질 변화를 겪게 되는데 나의 경우 열악한 환경에 영향을 받아 체질이 변했다는 것이다. 이에 따라 전에는 몸에 잘 맞았던 약들이 독약이 되어 그 지경이 되었던 것이다.

원인이 밝혀지지 않고 정확한 진단이 나오지 않으니 치료는 그만큼 늦어질 수밖에 없었다. 치료에 들어간 지 6개월이 지나자 퇴사 조치되고 의료보험 적용이 제외되었다.

이후로 수년간 더 치료에 매달렸다. 그동안 내 몸은 형용할 수 없을 정도로 야위어갔고 모아두었던 몇 푼 안 되는 돈들도 모두 없어졌다.

그뿐만이 아니었다. 정신은 나날이 피폐해져가고 신경은 점점 날카로워져갔다. 가장 애를 먹인 부분이 남근이었는데 표피가 고깃덩어리처럼 벗어졌는데도 새벽이면 어김없이 수면 중에 자연 발기가 되는 것이었다. 표피가 없이 발기가 되니 발기되면서 팽창한 근육이 면도칼로 그어놓은 것처럼 수없이 갈라져 피가 사방으로 튀는 것이었다. 절망이었다.

당시 이러한 상황에서 도망가지 않은 내 아내를 고맙게 생각한다. 웬만한 여자 같으면 도망갔을 터인데……. 병명도 제대로 밝혀지지 않은 상태인 데다가 몰골 또한 그러했으니 아마 내가 그녀의 입장이었으면 도망갔을지도 모른다.

한 3년쯤 지나자 회복이 불가능할 것 같던 몸이 점차 제 모습을 찾기 시작했다. 다른 부분은 다 아물었으나 남근은 제대로 회복되지 않았다.

전에 함께 일했던 직장 선배가 찾아왔다. 부천에 있던 사업체에서 함께 근무했던 선배였다. 선배는 지금은 부평 공단의 사업체에서 일하고 있었다. 그 사업체에 말을 해놓았으니 와서 일하라는 것이었다. 고마웠다. 온전하지 않은 몸을 마다 않고 일자리를 준다는 것은 그리 쉬운 일이 아닌 것이다.

채 아물지 않은 남근을 붕대로 싸매고 일을 나갔다. 대신 임금은 절반만 받기로 했다. 전에는 늘 노동을 괴로워했는데, 그 괴로워하던 고되고 열악한 노동을 다시 할 수 있게 되었다는 것이 너무 감사했다.

함박눈

소리 없이
다가오네

그 모습
허름한 당신 같아

두 손 모아
받쳐 드니

손가락 사이사이
저리도록

못내 서러운 사랑이 되어
말없이 스미어드네.

나는 실패를 두려워하지 않았다

어린 시절 시골에서 들에 난 잡풀들을 살펴본 적이 있다. 어느 것은 비바람에 쓰러지든지 아니면 사람이나 짐승의 발길에 밟혀 쓰러지면 다시 일어설 줄 모르고 그냥 쓰러진 채로 시들어 죽어가고 있었다.

반면, 어느 것은 밟히면 밟힐수록 더욱 강한 생명력으로 살아나 새싹을 내놓는 것이 있었다. 나는 그것을 보면서 같은 잡풀이지만 살아가는 모습은 어찌 저리 다를 수 있을까 생각한 적이 있다.

우리의 삶도 두 종류가 있다. 전자처럼 고난 앞에, 실패 앞에 자포자기하는 생이 있는가 하면 후자처럼 그 와중에서 무언가 다시 시작해보려는 생이 있다. 나는 내 생이 그 후자가 되도록 노력해왔고 지금도 노력하고 있으며 앞으로도 노력할 것이다.

선배의 배려로 부평에 있는 공장에서 일하기 위해 부천에서 부평으로 이사를 했다. 대우자동차 공장이 있는 공단 마을, 청천1동 벌집 동네의 어느 벌집 문간방을 세 얻어 이사했다. 보증금 10만 원에 월세 6만 원을 주기로 했다. 이때가 1984년 초여름이었다.

이사를 마친 나와 내 '삶의 동지'(나는 아내를 이렇게 부를 때가 있다)
는 문간방 부엌으로 올라가는 계단에 주저앉아 땀을 식혔다. 해는
이미 서산에 눕고 우리가 새 둥지를 튼 좁은 골목에 땅거미가 깔리
기 시작했다. 우리들은 재산도 잃고 건강도 잃고 살아갈 의욕마저
잃어버렸다는 깊은 상실감에 허탈해 있었고 많이 지쳐 있었다.

상념에 빠져 있는데 땅거미 위로 무언가 빠알갛게 치솟는 것이
보였다. 그것은 우리 문간방과 마주한 골목 아주 낮은 대문 위로 솟
아오르고 있었다. 마치 깔려오는 어둠을 모두 밝혀줄 듯이.

교회의 십자가였다. 그 십자가는 작고 초라한 교회만큼이나 낮
고 초라한 모습으로 벌집 골목에 빠알간 불을 밝히고 있었다.

그 십자가는 이제까지 보아왔던 그 어느 십자가보다 위안의 모
습으로 다가오고 있었다. 항상 높다란 교회 건물, 십자가 탑 위의
십자가만 보아왔는데 그 십자가는 아주 낮은 곳에서 낮은 곳을 밝
히고 있었다. 결코 높은 곳을 밝히고 있지 않았다.

그런데 그 낮게 서 있는 십자가가 왜 그리 내 가슴에 높이 닿아
오는지 나는 그냥 감격하고 말았다. 한마디로 평화로움 그 자체였
다.

"혹시 전에 교회 다닌 적 있어?"

내가 '삶의 동지'에게 물었다.

"응. 처녀 시절에 잠깐……."

"뭐야? 그런데 왜 교회에 안 나갔어? 내일부터 저 교회에 나가지
그래."

나와 내 '삶의 동지'는 이 계기로 인해 교회에 나가 하나님을 믿게 되었다. 물론 이는 하나님께서 가없는 사랑으로 우릴 택하여 불러주셨기 때문이다.

교회에 나간 지 얼마 지나지 않아 감사한 마음으로 성경책을 단숨에 읽었다. 이어 말씀마다 밑줄을 쳐가며 그 말씀들을 마음에 새기며 다시 한 번 읽어보았다. 이렇게 두 번을 읽고 나니 두 가지 사실을 발견할 수 있었다. 하나님께서 아무것도 없는 상태에서 이 세상 모든 것을 창조해내신 그 창조 사상과, 또 하나 자신의 모든 것을 내놓는, 인간에 대한 끝없는 사랑의 사상이었다.

이때까지만 해도 나는 제대로 되는 일이 없다고 생각하며 실패를 증오했다. 그러나 하나님을 믿으면서 실패는 자꾸 해볼 만한 것이라고 생각했다. 이즈음부터 나는 실패를 두려워하지 않았다.

죽기로 마음먹은 사랑

옥수수 알갱이들이 튼실하게 영글어가는
옥수수 잎사귀 위에서
사마귀 한 쌍이 사랑을 나누고 있었다
그 사랑이 이미 오랜 시간 진전되어왔는지
암놈이 수놈의 몸뚱어리를
거의 다 먹어치워가고 있었다

사마귀가 사랑을 나눌 땐
태어날 새끼들을 위해

죽기로 마음먹고 시작한다지 않는가
그리하여 수놈이 암놈의 먹잇감이 되어
암놈이 수놈을 다 먹어치워야
그 사랑이 비로소 끝난다 하지 않는가

죽기로 마음먹은 사랑을 한 끝에
홀로된 저 암놈 역시
머지않아 이 옥수수 잎사귀 위에
제 몸 스스로 새끼들의 먹잇감이 될
알집 하나 남겨놓고 생을 마감할 것이다

그리고 계절이 한 순배 돌고 나면
죽기로 마음먹은 그 사랑을 이어갈
새끼 사마귀들이 하나둘 태어나
옥수수 알갱이들이 튼실하게 영글어가는
옥수수 잎사귀 위에서

죽기로 마음먹은 그 사랑을 다시 시작할 것이다

그리고 다시는 신학을 않기로 했다

퇴근하고 돌아오는 길에 당시 네 살 된 둘째 녀석이 같은 또래 아이의 온갖 시중을 다 들어주는 것을 목격했다.

골목길에서 또래 아이가 신발을 벗겨달라 하면 벗겨주고 깔판을 깔아달라 하면 깔아주고 하는 것이었다. 그렇게 온갖 시중을 들어준 대가로 새우깡을 하나씩 얻어먹고 있었다.

선배의 배려로 다시 일을 시작했지만 온전히 월급을 받고 일하는 것이 아니어서 우리 집 형편은 말이 아니었다. 월급을 받으면 거의 다 내 병원비와 치료비로 나가고 월세로 나가버렸다. 그러다 보니 어느 때는 쌀이 없어 봉지쌀을 사다가 끼니를 때우기도 했다. 형편이 이렇다 보니 아이들에게 과잣값을 쥐여주기가 어려웠다.

엄마가 일을 나가면서 어쩌다 쥐여주는 동전으로 군것질을 대신해야 하니 그렇지 못한 날은 제 또래 시중을 들어주고서라도 얻어먹는 것일 것이다. 어쩌면 비굴한 행동으로 비쳐질 수도 있지만 긍정적으로 생각하기로 했다. 비굴해본 자만이 비굴한 것이 무엇인지 알고 굴욕감을 느껴본 자만이 굴욕감을 제대로 파악하고 헤아리는 것이다. 그러나, 당해보지 않고 그것들을 헤아릴 수 있는 상황이면 더 좋겠다는 생각으로 마음이 편하지 않았다.

이 무렵 난 성경 말씀을 통해 깨달은 대로 무언가 다시 시작하기로 했다. 하나님의 창조 사상을 깨달았던 것이다. 하나님처럼 없는 것을 만들어낼 수는 없지만 무언가를 해보고 싶다는 강한 욕구가 일어났다.

그것은 독학으로 고등학교 과정을 공부하는 것이었다. 대입 검정고시 공부! 학원에 나갈 형편이 못 되니 통신 강의록으로 해보기로 작정했다. 주간 잡지에 나오는 모 통신 강의록 사무실에 연락하여 교재 대금을 지불하고 교재를 우편으로 받았다.

난 그 교재들을 우선 내가 공부하기 편한 대로 뜯어내 다시 묶었다. 작업 시간이든 화장실에 있는 시간이든 메모하고, 메모한 것을 읽고 다시 쓰고, 그렇게 한마디로 미친놈이 되어 독학했다.

아내는 건강하지 못한 몸으로 잠을 설쳐가며 공부에 빠진 나를 걱정하고 있었다. 단칸방에 엎드려서, 아이들이 등에 올라타고 떠들어대도 개의치 않고 읽고 쓰고 외우고 풀었다.

기왕에 모처럼 작심하고 하는 공부이니 당시 정부 당국에서 처음 실시한 공인중개사 시험 공부도 병행하여 했다. 정성이 통했는지 1985년 8월에 대입 검정고시에 합격을 하고 이어 9월엔 공인중개사 1회 시험에 합격하여 자격증을 얻었다. 내 나이 서른한 살이 되던 해였다.

교회 전도사님이 축하한다며 내처 신학 공부를 해보라고 권유했다. 당시 난 초신자였지만 하나님께서 놀라운 것을 종종 보여주셨다. 기독교인이 아니면 이해하기 어려운 것이다. 그 일례를 소개하면 이렇다.

어느 주일날 새벽, 난 꿈속에서 성경 말씀을 보게 된다. 그런데 그 꿈속에서 본 성경 말씀은 담임 목사님께서 주일 예배 말씀으로 준비한 본문 말씀으로 인용되는 것이었다. 하나님이 미리 꿈속에서 주일 본문 말씀을 보여주시는 것이었다.

이외에도 사람들이 이해 못 할 여러 가지 기이한 일을 자주 체험하곤 했다.

성경 말씀을 빌리자면 인간 누구에게나 하나님께서 각자 주신 달란트가 있다. 또한 그릇이 있다. 목사의 달란트, 목사의 그릇이 있다면 장로의 달란트, 장로의 그릇이 있는 것이다. 내가 과연 신학 공부를 할 만한 달란트가 또는 그릇이 되는지는 알 수 없었지만 신학 공부를 하기로 하고 당시 인천에 있던 모 신학교에 들어갔다.

한 학기를 마치고 두 번째 학기가 시작된 어느 날이었다. 학교 수업을 마치고 몇몇 학우들과 함께 학교 근처에 있는 단골 찻집에서 차를 마시던 중이었다. 칸막이 뒤로 아주 귀에 익은 목소리가 들려왔다. 다른 학우들은 잘 알아듣지 못했는데 유독 내 귀에는 또렷하게 들려왔던 것이다.

그 귀에 익은 목소리의 주인공은 내가 다니는 신학교의 학장이었다. 학장은 상대방에게 돈을 요구하고 있었다. 그 대가로 소정의 학기를 마친 것으로 해주겠다고 제안하고 있었다. 아주 작은 목소리로 말하고 있었으나 내 귀에는 또렷이 들려왔다.

"성직을 돈으로 운운하다니……!"

충격이었다. 자리에서 일어나 그 길로 학교로 달려갔다. 학적을 담당하는 이에게 다짜고짜로 내 학적부 좀 보자고 하여 그 자리에서 내 학적부를 발기발기 찢어버렸다. 그리고 다시는 신학을 않기로 했다.

하나님께서 내가 신학을 할 만한 그릇이 못 되기에 당시 그 상황을 만드신 것으로 나는 믿고 있다. 신학은 아무나 할 수 있는 것이 아니다.

끝내 술잔을 비우지 못하였습니다

지난밤엔
초저녁부터 곤한 잠에 취한 초승달을
떠가는 구름마저 깨우지 않고 있었습니다.
저 구름 아래 산꼭대기 단칸방에서
사랑을 보듬고 곤히 잠들었을
내 아내와 두 아이를 떠올립니다.
이 가난한 사랑
함지박만큼 피우기 위해
나는 야간 작업장 기계 옆에서 밤을 지새우며
당신께 기도하는 마음으로
밤하늘의 별들을 수없이 따다가
나의 두 눈에 차곡차곡 쌓아놓았습니다.

욕심이었는지,
밤을 새우고 난 내 두 눈은
별들이 촘촘히 박혀 토끼눈이 되었습니다.
아침 퇴근하는 길에 단골 구멍가게에 들러
구석에 음료수 상자 두어 개 깔아놓고
의자 삼아 식탁 삼아 쐬주 한잔 부었습니다.
당신의 피 엉킨 가슴에
또 한 번 못질을 해대는 짓인 줄 알면서도
낮에 잠을 청하기 위해선 어쩔 수 없는 노릇입니다.
하얀 잔에 피 마른 내 손길이 닿았습니다.
술잔이 흔들려 잔 위에 잔잔한 파문이 일어납니다.
파문 속에 무수한 은빛 십자가가 춤을 추고
당신의 찢겨진 모습이 십자가 위에 클로즈업됩니다.

내 두 눈에 밤새도록 따다가 쌓아놓은 별들이
하나둘 떨어지기 시작합니다.
눈물방울 되어 술잔 속으로 톡톡 떨어집니다.
술잔 안의 당신은 피 묻은 두 손을 펴고
내 별들을 내 눈물들을
하나도 떨어뜨림 없이 받쳐 들고
진주로 옥보석으로 홍보석으로 바꾸어놓으십니다.
보석들이 잔에서 흘러넘칩니다.
당신께서 나를 위해 예비하신
이 넘치도록 많은 보석들을
내 가난한 사랑과 함께 당신께 바칩니다.

공장 파지에 시를 쓴, 실패한 시인

한 집안의 가운이 한번 기울기 시작하면 걷잡을 수 없는 것이고 이미 기울어버린 그 가운을 다시 일으켜 세우기란 참으로 힘든 것이다. 일을 다시 시작한 지도 어언 1년이 넘어섰지만 나와 우리 가족들은 여전히 힘겨운 나날을 보내고 있었다.

그런 와중에 집안 분위기가 달라진 것이 있었는데 내가 틈만 나면 시 습작을 한답시고 원고지를 끼고 앉아 있는 것이었다. 대입 검정고시 독학을 하면서 고등학교 교과서에 나오는 현대시를 다시 접하게 되었다. 그로 인해 과거의 기억들이 새록새록 되살아났던 것이다. 청계천 고서점을 배회하다가 두 번째 접었던 문학에 대한 미련을 세 번째로 다시 끄집어내게 되었다.

시라는 틀에 나와 같은 소시민들의 삶을 담아내고 싶었다. 공장에서 쓰다 버린 포장지 파지에 꾹꾹 눌러 담았다. 내가 담아내고 있는 것들이 제대로 한 편 한 편의 시가 되고 있는지 모를 일이었지만 열심히 담고 또 담았다. 한 2년간을 그렇게 담고 나니 웬만한 분량이 되었다.

그 당시까지 난 『창작과비평』이 어떠한 잡지고 『현대문학』, 『실천문학』이 어떠한 잡지인지 몰랐다. 1988년에 등장한 『노동문학』지와 『노동해방문학』지 등은 내가 노동자인 신분이라서 친근감이 갔다.

친근감이 가는 문학회가 있어 찾아갔다. 할 수만 있으면 함께 활동하고 싶은 마음에서였다. 회원들은 나를 반겨주었다. 다음번 모임에 작품을 몇 편 들고 나갔는데 하나같이 비판을 가했다. 한마디로 투쟁이 결여된 글들이 노동자의 글이냐는 것이었다. 노동자의 정서는 자본에 대한 투쟁만이 전부가 아니라는 말을 하고 싶었으나, 당시 노동문학의 최고 덕목이 투쟁이라 그들의 말이 옳겠다 싶었다.

옷을 입을 때 첫 단추를 잘 끼워야 다음 단추도 어긋나지 않는다. 내 첫 직장은 대여섯 명이 일하는 영세 사업장이었다. 첫 직장이 이러하니 다음 직장도, 그다음 직장도 그 굴레를 벗어나지 못했다. 나도 노동조합도 있고 노동자의 권리를 제대로 요구할 수도 있는 그런 대규모 사업장에서 일하고 싶었다. 그러나 미성년자인 데다가 배움이 없고 또 전과자이고 빽이 없는 상황에서 출발하다 보니 영세 사업장에서 출발하게 되었다. 그리고 그 삶이 20년간 지속되었다.

도대체 이토록 힘없고 배경 없는 현장 출신의 내가 어떻게 제대로 된 투쟁의 목소리를 낼 수 있겠는가. 만약 낸다면 체험에서 얻어진 것이 아닌 상상을 동원한 글자 짜 맞추기로 끝날 것이 아닌가.

그보다는 그 투쟁의 목소리조차 낼 수 없는 정말 힘없는 사람들의 마음을 읽어가고 그것을 대변하고 싶었다. 그것은 내가 직접 체험하고 있는 것이기에 가능하다 싶었다.

당시 지식인들이 말했듯이 어찌 보면 투쟁의 목소리를 내는 노동자들은 선진 노동자들이고 그렇지 않은 나와 같은 노동자들은 후진 노동자였을 것이다.

그러나 나는 그때나 지금이나 그 선진 노동자, 후진 노동자로 나누는 말조차 거부감을 갖고 있다. 굳이 나누어 보아야 한다면 노동자를 상, 중, 하, 이렇게 계층으로 나누어야 한다고 생각한다.

우리 사회에선 엄연히 노동자 계층도 상, 중, 하로 나뉘어 있다. 상류 노동자들은 노동자 계층에서 생활이 제일 나은 부류들로 기득권을 많이 가진 노동자들이다. 이들은 대부분 대기업체 노동자들로 조직화되어 있다. 자신들의 목소리를 내는 데는 자본가 못지않게 혈안이 되어 있다. 그렇지만 자신들보다 못한 중류, 하류 노동자들을 대변하지 않는다. 자신들을 위해서는 투쟁하지만 자신들보다 더 못한 이들을 위해서는 투쟁하지 않는다.

이들은 자신들을 위해 활동하고 있는 것을 마치 하류 노동자들까지도 위하는 것으로 착각하고 있다. 예를 들어 철도노조의 활동으로 철도노조에 속한 노동자들의 임금이 10퍼센트포인트 올랐다고 하여 어느 공단 후미진 영세 사업장의 하류 노동자의 임금도 덩달아 10퍼센트 올라가는 것이 아닌 것이다. 이제 노동자들도 나보다 더 못한 열악한 환경의 노동자들에게 관심을 갖고 그들을 위해 헌신해야 한다.

내 나름대로 시를 붙잡고 씨름을 해보았지만 그 결과는 오늘날
에 이르기까지 그리 신통하지 못하다.

실패한 시인이 된 것이다.

나를 시인이라 부르지 마

나를 시인이라 부르지 마
글 쓰는 사람이라 부르지 마
그냥 노동자라 불러줘

가난한 가정에 태어나
어릴 때 공돌이가 된
노동자라 불러줘

시인은 노래하지만
나는 노래하지 않아
이야기를 할 뿐이야

가난한 가정의 가장으로서
한 여인의 남편으로서
두 자식의 아비로서

비빌 언덕이 없고
배움이 없고

빽이 없는 노동자가

이 한 세상을
어떻게 사랑하며 살아가는지
그저 이야기할 뿐이야

나를 시인이라 부르지 마
열심히 노동을 팔아 살아가는
노동자라 불러줘.

이쁜이

1989년 12월 중순, 공장에서 야간작업을 하고 아침에 귀가해보니 아내가 차려놓고 간 밥상 위에 메모 쪽지가 놓여 있었다. 맞벌이하는 관계로 내가 야간작업을 할 때는 일주일 동안 서로 볼 수 없었다. 내가 야근하고 귀가하면 아내는 출근한 상황이고 아내가 저녁에 귀가하면 나는 야근을 나간 상황이었다. 보지 못하기 때문에 편지 형식으로 소통을 했다.

"어제저녁 출근한 후 얼마 되지 않아 전화가 왔었어. 여자인데 아무래도 당신이 말했던 그 여자인 거 같아. 이 전화번호로 전화해봐. MBC 〈세상 사는 이야기〉 방송 보고 전화했대."

쪽지에 적힌 전화번호로 전화를 돌린 난 수화기로 들려오는 상대방의 목소리에 무어라 형용할 수 없는 만감이 교차되었다.

"아니 이렇게 전화해도 괜찮은 거야?"

"그럼 괜찮으니까 했지요. 호호. 염려하지 마. 어젯밤 방송 보고 울 남편이 당장 연락해보라 해서 한 거예요."

"아. 그래? 그럼 안심이네. 그동안 잘 지냈어?"

"훈이 씨는 옛날이나 지금이나 하나도 안 변했네. 항상 내 걱정 해주는 거. 호호. 잘 지내니까 이리 연락했지."

"어? 그런가. 하하"

목소리의 주인공은 내가 처음 사귀었던 이성 K였다. 이를테면 첫사랑이다. 헤어진 지 10년 만이다. 그녀의 남편이 이 상황을 알면 불쾌하게 여길 수도 있다 싶었다. 그래서 안부를 묻기보다 먼저 전화해도 괜찮은 거냐고 물었다.

첫 시집『손 하나로 아름다운 당신』을 출간하고 방송에 출연해 그동안 살아온 이야기를 했던 것인데, 그녀가 당시 인기 프로그램이었던 그 방송을 보고 연락을 해온 것이다.

"남편과 같이 방송 보면서 방청객들이 눈물 흘린 것처럼 우리 둘이도 훈이 씨의 이야기에 함께 울었어요. 남편에게 훈이 씨 이야기를 했었는데 방송에 나오는 저 사람이 당사자라고 말했더니 정말 감동적인 사람이라며 이렇게 연락을 하라 하네. 울 남편도 훈이 씨처럼 아주 착해요. 호호."

그래도 내가 염려하고 있다 싶었는지 남편이 옆에 있다면서 못 믿겠으면 바꿔주겠다고 했다.

내 나이 스무 살 되던 해 초여름에 K를 만났다. 부평 4공단 인근에 있던 공장에서 일할 때였다. 4공단 안에 있는 공장에서 일하는 친구를 만나러 가던, 나이 차이가 많이 나는 선배를 따라나섰다가 그녀를 알게 됐다. 선배의 친구를 만난 후 공장 기숙사로 돌아오는 길이었다.

"아저씨, 안녕하세요? 저어, 우리 떡볶이 좀 사주세요."

선배와 둘이 공단 길을 걸어오는데 마주 오던 아가씨 둘이 길을 막고 선배에게 떡볶이를 사달라 하는 거였다. 일면식도 없는 처음 보는 아가씨들이었다. 공장 작업복을 입고 있었다. 내 또래 아니면 나보다 나이가 더 어려 보였다. 작업복 대신 학생복을 입어야 할 나이었다.

서른 살이 넘은 마음씨 좋은 선배는 상대방들이 어린 누이동생 같아서인지 선뜻 인근 포장마차로 데리고 가서 떡볶이를 사주었다. 명랑 쾌활한 그녀들은 연신 수다를 떨며 떡볶이를 맛있게 먹었다. 헤어질 때 요구하지도 않은 연락 전화번호와 주소를 쪽지에 적어 선배에게 주었다. 그리고 선배의 연락처도 달라고 했다. 이것이 계기가 되어 K와 사귀게 되었다. 그 두 명의 누이 중 한 명이 K다.

그녀는 나와 단둘이 처음 만나던 날, 선배에게 다짜고짜로 떡볶이를 사달라 한 것은 마주 오던 내가 한눈에 맘에 들어 나와 사귀고 싶어서 한 행동이었다고 고백했다. 나도 예쁜 인상에 선해 보이고 복스럽게 생기고 얼굴 피부가 유난히 하얀 그녀가 싫지 않았다. 나는 그녀를 '이쁜이'라고 불렀다.

우리는 서로 시간만 되면 만났다. 지금도 당시 주간 일을 마치고 해가 진 저녁 그녀와 함께 걸었던 인천시 부평구 작전동과 갈산동 논둑길이 선명하게 떠오른다. 여름날의 향기로운 풀꽃 향기와 정겨운 개구리 울음소리, 가을날의 풀벌레 소리가 생생하다.

그녀는 당시 나보다 한 살 어린 열아홉 살이었다. 고등학교를 졸업하고 공부하기 싫어 공장에서 일한다 했다. 고등학교를 졸업하던 그해 중학교를 졸업한 후 공장에서 일하기 시작한 친구가 있는 공장에 들어가 여공으로 일하고 있었다.

그녀의 아버지는 수원에서 꽤 알려진, 개원한 지 오래된 한의원의 원장이었다. 외동딸인 그녀는 우리가 두 번째 만나는 날 성경책을 내게 선물할 정도로 독실한 천주교 신자였다. 심성도 다정다감하고 착했다.

"훈이 씨는 나를 항상 어린애로 생각해. 한 살밖에 차이 나지 않으면서."

만나면 대학에 들어가 더 공부하라고 권하는 나에 대한 그녀의 불만이었다. 나는 그녀에게 만날 때마다 대학에 들어갈 것을 강권하다시피 했다. 내가 살아온 이야기를 조금도 거짓 없이 모두 다 말해주었다. 어쩔 수 없이 중학교만 졸업하고 조그마한 영세 공장을 전전하고 있지만 여건이 되면 더 공부하고 싶다고 말했다. 내 집요한 강권과 설득으로 그녀는 동급생들보다 1년 늦게 서울 흑석동에 있는 중앙대학교에 입학했다.

그녀가 대학생이 된 후 나는 그녀를 잊기로 했다. 왜 그런지 몰라도 그렇게 해야 한다는 생각이 자꾸만 들었다. 그래서 일절 연락을 하지 않았다. 그런데도 그녀는 수시로 연락을 해오고 공장으로 찾아오곤 했다. 직장을 옮기면서 일부러 연락을 아니 해도 먼저 근무하던 직장 동료들에게 내가 옮겨간 공장의 전화번호를 알아내 찾아왔다.

"난 훈이 씨 덕분으로 대학교에 들어갔어. 훈이 씨가 내게 자극을 안 주었으면 난 대학 진학을 안 했을 거야. 우리 학교 언제 한번 와봐."

개나리가 흐벅지게 피던 봄, 쉬는 날 그녀의 제안에 따라 우린 그녀가 다니고 있는 흑석동 중앙대학교에서 데이트했다. 난생처음 으로 들어가 구경해본 대학교 경내였다. 이곳저곳을 돌아보고 청룡 연못가에 나란히 앉았다. 활달하고 명랑한 그녀는 이런저런 화제로 제비처럼 연신 떠들어대었다.

"이쁜이 이 아가씨야. 대학생이 되었으니 이제는 멋진 대학생 남 자친구도 만들어야지."

"내 맘에 훈이 씨가 없으면 만들 거야. 호호"

나는 그녀와 가까워진다는 것이 슬펐다. 더 많이 가까워졌다가 헤어지면 슬픔이 커져 감당 못 하게 될 테니 그러기 전에 끝내야겠 다고 마음먹었다. 작은 돌멩이에 그 마음을 담아 고요한 연못에 던 졌다. 그 여파에 연못의 부초들이 흔들렸다.

그녀에게 알리지 않고 부천 원미동에 있는 공장으로 옮겨 갔을 때였다. 찬바람이 몹시 부는 겨울날 그녀가 또 수소문해서 늦은 밤 공장으로 나를 찾아왔다. 찾아오느라 아직 저녁을 먹지 못했다는 그녀를 부천역 인근에 있는 중국집으로 데려가 자장면을 시켜주었 다. 그녀는 가난한 나를 만날 때면 당연히 자장면을 먹는 것으로 알 고 있었다. 내가 그 이상 비싼 음식을 사주지 못했기 때문이다.

"무서워서 혼자 못 자. 여관에서 나 혼자 어떻게 자."

식사를 마치고 나니 부천에서 수원 가는 모든 교통편이 끊긴 시 간이 되었다. 곧 통행금지 시간이 될 것이다. 뾰족한 방법이 없어 여관방을 얻어주고 공장 기숙사로 가려 했으나 무섭다며 같이 자자는 것이었다. 난감했으나 함께 여관방에 들었다.

그녀보고는 이불 속에서 자라 하고 나는 겉옷 상의만 벗어 옷걸이에 걸어놓고 옷을 입은 채로 그녀가 누운 반대쪽 구석에 벌러덩 누웠다. 냉기가 온몸에 엄습해 왔다.

"추운데 이불 속으로 들어와."

지금 무슨 소리를 하는 건가? 이불 속으로 들어오라니? 말도 안 되는 소리였다.

"안 돼. 걱정 말고 어서 자."

이불 속으로 들어가면 절대 안 된다고 다짐했다. 한창 나이인 내가 이쁜이 그녀에게 무슨 짓을 저지를 것만 같았다.

잠결에 기척이 있어 눈을 뜨니 그녀가 이부자리를 들고 와서 내 곁에 누워 있었다.

"훈이 씨를 믿기에 함께 누웠어."

아! 이런, 도저히 참기 힘든 고문을 서슴없이 가하다니, 나는 그 고문 앞에 나를 시험하기로 했다. 절대로 선을 넘어선 안 된다. 그녀와 선을 넘지 않는 것을 내 스스로 시험하기로 마음을 단단히 먹었다.

"나 좀 안아줘. 훈이 씨 품 안에 안기고 싶어. 그냥 꼬옥 안아만 줘. 아무것도 하지 말고 그냥 안아줘."

나는 그녀를 꼬옥 안았다. 상큼하고 향긋한 고문 덩어리가 내 가슴에 푹 안겨 몸과 마음을 사정없이 고문했다. 그 고문을 이겨내느라 그녀가 알아차리지 못하게 가쁜 숨을 달래가며 심호흡을 했다.

공장 과지에 시를 쓴, 실패한 시인

"이쁜이, 오늘 왜 이리 경솔했어? 다시는 이렇게 경솔한 행동 하지 마. 알았지?"

나는 그날 밤 젊디젊은, 팔팔한, 모든 욕망을 누르고 그녀, 아니 고문 덩어리를 안은 채 잠이 들었다(요즘의 정서와는 다르지만). 그렇게 그녀를 있는 그대로 지켜주었다. 이쁜이를 밤새 지켜주었다는, 그리고 참기 힘든 고문을 무사히 잘 견뎌내었다는 만족감에 기뻤다.

이런 식으로 1년인가 지난 어느 날 나는 그녀를 울렸다. 그리고 완전히 헤어졌다. 그녀가 전화기를 통해 들뜬 목소리로 꼭 만나야 한다는 부천역 다방으로 나갔다. 야간작업을 하고 초췌한 몰골로 나갔다.

"이쁜이, 결혼해야 할 숙녀가 이 대책 없는 공돌이만 찾아오면 어떻게 해? 이제 결혼할 사람 찾아야지."

"무슨 말이야? 내가 결혼할 사람은 앞에 있는데. 나 훈이 씨랑 결혼할 거야. 나랑 결혼해줘."

"……!"

"내 결혼 문제로 집안에서 요즘 난리야. 좋은 혼처가 있다는 둥 좋은 사람 있으니 만나보라는 둥 하도 난리 쳐서 부모님께 훈이 씨 말씀드렸어. 내가 점찍어놓은 사람이면 무조건 결혼 승낙하신다 했어. 그래서 오늘 만나자고 한 거야."

"아니, 지금 무슨 말 하고 있어? 나랑 결혼한다니 지금 제정신이야?"

"왜? 훈이 씨처럼 좋은 사람이 어디 있어? 믿음직한 남자가 어디 있어? 난 내가 좋아하는 남자와 결혼하기로 마음먹었어. 난 훈이 씨가 좋아. 단짝 친구에게 신랑감 인사시켜준다고 데리고 왔어. 저쪽 편에 앉아 있는데 우리 말 마치고 가서 인사 나눠."

이런 낭패가 어디에 있단 말인가? 내 입장에서는 절대로 안 될 말을 하고 있었다. 내가 처해 있는 현실이 용납할 수 없는 말을 하고 있었다.

"안 돼. 내 처지를 잘 알잖아? 나는 결혼할 수 없다는 거."

"걱정하지 마. 우리 집에서 다 생각하고 있어. 결혼 후 훈이 씨 직장까지도."

경제력이든 인맥이든 탄탄한 자신의 집안을 전제로 한 말이었다. 그건 내게 있어 더더욱 안 되는 것이다. 예쁘고 배경 좋은 외동딸 그녀와 결혼하면 앞으로의 삶이 보다 행복해질 거라는 생각이 들기도 했지만, 그리해선 안 된다는 생각이 확고했다. 그녀의 생각을 포기할 수 있게 하는 특단의 그 어느 연기가 필요했다. 현재 내 건강과 몰골이 형편없는 것을 내세우기로 했다.

"안 된단 말이야. 나는 결혼할 수 없어. 결혼하면 안 된다고."

"왜? 훈이 씨 내가 싫어? 나는 결혼 상대가 될 수 없다는 거야?"

"그런 게 아니란 말이야. 사랑해서 그런 거야."

"사랑하면 결혼하면 되지? 못 한다는 이유를 말해봐."

"그 이유를 꼭 들어야 하겠어? 말하기도 괴로워."

"난 그 이유를 알아야 하겠어. 납득할 수 있는 이유면 나도 물러설게."

나는 이 상황에서 좀 더 심각해져야 했다. 심히 괴로운 표정으로 말했다.

"나 얼마 못 살아. 시한부 판정을 받았어."

"……!"

"그래서 못한다는 거야. 이제 알겠어? 맘 아프게 해서 미안해."

"걱정 마. 우리 아빠 유능한 한의사잖아. 아빠와 상의해서 어떻게 해볼게."

"고마워! 이미 내로라하는 종합병원에서 판명 난 거야. 그러니 더 이상 나에 대한 감정 거두어줘. 나도 그리할게."

그녀는 울고 있었다. 그녀의 쌍꺼풀 진 왕방울 같은 까만 두 눈동자에서 영롱하면서도 말 없는 눈물이 방울방울 식탁 위로 뚝뚝 떨어져 산산이 부서졌다. 마치 우리가 그동안 애틋하게 쌓아온 만남이 부서져 종지부를 찍듯이 무참히 부서졌다.

말없이 울고 있는 그녀를 다방에 홀로 두고 나왔다. 마음이 아프다 못해 몹시 아렸다.

"부탁이에요. 우리 한번 만날 수 있을까?"

10년 만에 통화를 하게 된 그녀는 불쑥 내게 부탁을 했다. 부탁한다는 말을 앞세운 것은 내가 거절하지 못하게 하는 그런 뜻인 거 같았다. 만날 수 있느냐고 표현했지만, 반드시 만나고 싶다는 소망이 깃들어 있었다.

"지금 우리 남편이 옆에서 허락했어요. 훈이 씨 만나도 된다고. 염려되면 아까도 말했지만 남편 바꿔줄게요."

며칠 후 우린 참으로 오랜만에 그녀가 제시한 서울 사근동 한양대학교 앞에서 만났다. 10년이란 세월이 흘렀지만 엊그제 같은 감회였다. 그녀는 몸이 마른 것과 하얀 얼굴이 유난히 더 창백해져 보이는 거 외엔 잘 웃는 등 모든 것이 변함없었다.

마침 점심때라 우린 식당을 찾았다.

"우리 중국집으로 가요. 자장면 먹고 싶어요."

고깃집으로 가자는 내게 그녀가 말했다.

"오랜만이고 전에 자장면만 사준 게 마음에 걸려 고기를 사주고 싶어서 그래."

"나는 훈이 씨가 사주었던 자장면이 제일 맛있었어요. 오늘 아주 오랜만에 그 자장면 맛을 보고 싶어."

그녀의 강력한 주장에 이끌려 인근 자장면 집으로 갔다. 학생들을 대상으로 장사하는 곳이라서 그런지 자장면 값이 다른 곳에 비해 싸고 양이 많았다.

"아. 역시 훈이 씨가 사주는 자장면은 옛날이나 지금이나 최고로 맛있어. 모처럼 맛있게 먹었네. 호호"

그녀의 말에 내 마음이 이루 형용할 수 없이 애틋해졌다. 그 애틋함은 식사 이후 가진 대화에서 절정을 이루었다.

"나 우리 남편 없었으면 벌써 이 세상 사람이 아니었을 거야. 우리 남편 참으로 착해. 나 엄청 사랑해주고 정말 좋은 사람이야. 남편이 너무 감사해."

그녀는 백혈병을 앓고 있었다. 그녀의 얼굴이 창백해 보이는 이유였다. 그녀의 말에 의하면 그녀는 벌써 죽은 목숨이었다. 기업을 운영하며 돈을 잘 버는 남편의 헌신적 사랑으로 살아 있다는 것이었다. 한양대학교 앞에서 만나자고 한 것은 그날 오후 한양대 병원에 예약된 정기 검진을 받을 겸 해서였다고 말했다.

"남편 차로 함께 왔어. 따로 점심을 먹고 진료 시간에 진료실 앞에서 다시 만나기로 했어. 그런데 훈이 씨에게 묻고 싶은 게 있어요. 솔직히 말해줘. 거짓말로 내 청혼을 거절한 이유. 나를 좋아하고 사랑하면서도 거짓말로 거절한 거 알아요."

"왠지 그래야 한다는 의무감 때문이었어. 나의 행복보다는 이쁜이의 행복을 따져보니 그렇게 하는 것이 맞다고 생각했어. 거짓말한 건 미안해. 그런데 그때 그리한 것은 참으로 잘했다는 생각이 드네. 이쁜이가 가난한 나랑 결혼했으면 치료비를 충당할 수 없어 제대로 치료도 받지 못하고 일찍 세상을 등졌을 거잖아. 그러면 내가 얼마나 슬펐을까."

"그렇긴 하네. 호호. 아, 우리 훈이 씨 보니까 몸이 날아갈 거 같아. 오래오래 살 거 같고."

이후, 2년여 정도 지났을 때였다. 그사이 나는 몸 상태가 안 좋아 20여 년간 몸 담아온 공장을 떠나 작은 출판사에서 영업 등 잡다한 일을 하고 있었다. 그녀로부터 한 번 더 만나줄 수 없느냐는 연락이 왔다. 그동안 우린 가끔 통화로 안부를 묻곤 했다.

"훈이 씨 만나고 난 후 내 몸 상태가 엄청 좋아졌어. 기분도 좋아졌고. 이제 말하는데 통화하고 난 그날은 하루 종일 좋아."

거절할 수 없는 말이었다. 차를 몰고 약속한 구로역으로 가니 그녀가 먼저 와 기다리고 있었다. 구로역까지 남편이 차로 데려다주고 회사로 갔다고 말했다.

"고마워요! 그리고 염치없이 이래서 미안해."

전화로 그녀와 약속한 대로 그녀를 그녀의 시댁이 있는 포천까지 데려다주기로 했다. 그녀는 시댁에서 며칠 있을 거라 했다. 포천까지 가는 동안 그녀는 우리가 처음 만난 순간부터 이후 헤어지던 순간까지 모두 떠올리며 이야기했다. 한 폭 한 폭의 영상처럼 나열하는 그녀와 나의 이야기들에 귀를 기울이며 맞장구를 치다 보니 포천에 도착했다.

그녀를 데려다주고 돌아오면서 더 이상 그녀를 만나지 않겠다고 다짐했다. 그리고 연락도 하지 않겠다고 다짐했다. 그것이 우리 사이에 맞는 정답일 거 같았다. 내 마음이 흔들렸기 때문이다. 그녀에 대한 안타까움과 안쓰러움으로 넘어서는 안 될 그 선을 넘고 싶은 마음이 들었다.

며칠 전에 그만둔 출판사에서 전화가 왔다.

"오늘 오전에 또 그분으로부터 전화가 왔습니다. 출판사에서 그만두었다고 했더니 삐삐 번호를 알려달라 하시더군요. 말씀하신 대로 모른다고 했더니 역시 언제나 내 걱정 해주는 훈이 씨답다며 고맙다는 말 꼭 전해달라고 하더군요."

그 후 어언 30년의 세월이 흘렀다. 이쁜이 그녀는 이미 이 세상 사람이 아닐 수도 있겠다.

그리움

늦여름
한낮 땡볕은 고요하였다

자그마한 고추잠자리 두 마리
한 쌍 되어 하늘가를 맴돌았다.

쉬어 가던 바람
살며시 비껴 불고

고추잠자리 한 마리만이
사과나무 꼭대기에
아슬히 날아들어

그리움인 양
움직일 줄 모르고
날개 접고 있었다.

죽어 말라버린
사과나무에게도
그림자는 남아 있었다.

전문가는 결과에 연연하지 않는다

어떠한 상황이든 간에 나에게 주어진 상황에서 최선을 다해보려고 나름대로 노력해왔다. 그 결과가 비록 실패로 끝나는 한이 있더라도 그래야 한다고 생각했다. 이를테면 프로 정신을 지닌 전문가가 되고 싶었다.

에나멜 동선을 만드는 일을 하면서 이 분야의 최고의 숙련공이 되고 싶었고 그것을 목표로 20년간 열심히 노력했다. 그 결과 몸이 쇠약해져 공장을 그만둘 무렵엔 주변에서 인정하는 이 분야의 최고의 숙련공이 되어 있었다.

진정한 숙련공은 우선 그 분야에서 어떠한 형식의 기계를 만나더라도 무난히 다룰 줄 알아야 한다. 또한 상황이 변화하더라도 감각적으로 대처할 줄 알아야 한다. 따라서 사태 해결의 능력이 탁월해야 한다.

1990년 어느 봄날 아침. 야간 일을 마치고 퇴근하려는데 처음 보는 낯선 사내가 나를 찾아왔다. 말쑥한 차림새로 보아 직공은 아닌 것 같았다.

그는 후배의 소개로 나를 찾아왔다고 밝혔다.

"잠깐 말씀을 나눌 수 있을까요?"

"······?"

우린 공장 근처의 국밥집으로 자리를 옮겼다. 내미는 명함을 보니 얼마 전 이 업계에서 사업을 시작한 사장이었다. 그런데 그 공장의 기계를 돌리지 못하고 있다는 거였다. 그동안 여러 사람을 숙련된 기술자라 하여 채용해보았는데 기계를 제대로 가동시키지 못하고 있다는 것이었다.

"정 형을 찾아가 보라고 하더군요. 그 기계를 제대로 길들일 수 있는 사람은 국내에 몇 안 되는데 그중에서 정 형이 적임자라고요. 함께 일합시다. 지금 받고 있는 보수보다 더 생각해드리지요."

이를테면 나를 스카우트하러 왔다는 것이었다. 그동안 수없이 겪어온 일이었다. 다짜고짜로 찾아와서 도와달라는 식으로 함께 일하자 해놓고 정작 기계가 안정되고 현장이 안정되면 언제 그런 아쉬운 부탁을 했었냐는 식으로 태도가 돌변하는 사람들!

나는 전에 몇 차례 이런 경우를 경험했던 터였다. 부탁을 받고 가서 몇 개월 열심히 헌신하여 안정을 시켜놓고 나면 태도가 변했던 것이다. 내 노하우를 모두 알아버린 그들은 이제 내가 없어도 기계를 가동시키는 데 문제가 없게 된 것이다. 그 상황에서 다른 직공들에 비해 인건비가 비싼 나를 계속 채용할 필요가 없는 것이다.

한번은 내 노하우를 완전히 다 파악하지 못한 상황에서 나를 해고했던 사업장의 사장이 나를 다시 찾아와 도움을 청한 경우도 있었다. 나를 이런 식으로 찾아온 사업주들 대다수가 그랬다. 화장실 들어갈 때와 나올 때 마음이 달라지는 것처럼 그 첫 마음이 달라지는 것이었다.

한 푼이라도 인건비를 아껴야 하는 영세 사업자의 고충을 이해하지 못하는 건 아니지만 사람 사는 게 이런 것이 아닌데 싶었다.

"돈을 몇 푼 더 주겠다는 생각보다 오늘 이 이른 아침 나를 찾아온 그 마음이 변하지 않는 것이 제겐 필요합니다."

"그야 당연한 이야기지요."

나는 이런 사람들의 부탁을 한 번도 거절하지 않았다. 나를 필요로 하는 곳이면 그곳에 내가 있어야 한다고 생각했다. 반대로 나를 필요로 하지 않는 곳에 억지로 있어선 안 된다고 생각했다.

나를 필요로 하는 곳에서 내 몫을 다하기도 어려운데 필요로 하지 않는 곳에 무엇 하러 몸을 담고 있단 말인가. 사람 살아가는 세상에 나를 필요로 하는 곳이 있다는 건 참으로 다행스럽고 행복한 일이다.

진정한 전문가는 그 결과에 연연하지 않는다. 겸손한 마음으로 언제나 최선을 다하는 것이 진정한 전문가다.

최선을 다하고 배신을 당했다면 운치 있는 배신을 당한 것이고, 실패를 했다면 그 또한 운치 있는 실패를 한 것이 아닌가.

진정한 전문가는 전문가답게 실패를 한다.

정(情)

툭하면
그만두라고
모가지 자르겠다고
위협 주고 협박하는 사장에게
자퇴서 한 장 건네주고서

작업복 구겨 넣은 기름때에 절은 가방
괜스레 이쪽 어깨 저쪽 어깨
번갈아 둘러메며
하도 낯이 익어
내 것으로만 알았던
공장 정문을 나서자니

헤프게는 쓰지 않으리라 다짐 주며
내 패인 눈알 깊은 곳에다가
꾹꾹 담아놓았던 눈물들이
저절로 솟구치네, 솟구치네

끊긴 나의 밥줄은
옮겨놓는 발길마다
너덜너덜 따라오는데

속박받은 그 정도 정이라고
하나의 정
떨어지는 아픔만이

못내 안타까워서

아니 보이려 해도
보이는 내 눈물.

못내 안타까워서

아니 보이려 해도
보이는 내 눈물.

천둥가는 결과에 연연하지 않는다

실패한 노동

출입 통제!

1991년 1월 폭설로 거리가 잔뜩 빙판 진 겨울 어느 날의 일이다. 공장 생활로서는 마지막 직장이었던 인천의 'OO전기' 정문. 출근을 하러 정문을 들어서려는데 경비 수위들이 앞을 가로막았다.

OO전기는 변압기와 모터 등을 생산하는 비교적 규모가 큰 공장이었다. 나는 이 공장 안에 있는 에나멜 동선 제조 기계를 돌려주는 하청 업체에 직공으로 고용되어 일하고 있었다. 에나멜 동선 제조 분야는 신체에 해로운 업종이라 노동자들이 기피하고 있었다. 그래서 하청을 준 것이고 그 하청 공장에서 내가 일했던 것이다.

며칠 전 모 언론 매체와 가진 인터뷰가 화근이었다. 당시 시집을 출간했는데 그 시집 출간과 관련한 인터뷰였다. 시집에 실린 시편들이 소외되고 가난한 노동자와 민중들에 대한 내용을 담고 있었고 따라서 인터뷰 기사는 그 방향으로 게재되었던 것이다.

그 기사를 본 그 사업장의 책임자들이 신경을 곤두세운 것은 어쩌면 당연한 것인지도 모른다. 당시만 해도 전국의 노동 현장에는 노사 간에 첨예한 대립이 존재해 있었다. 그런데 이 업체만은 이상할 정도로 그런 분위기와는 달리 조용했다.

노조는 있었으나 어용 노조가 자리 잡고 있었다. 이러한 분위기에서 노동자들을 자극할 수 있는 내용의 시집을 펴낸 주인공이 경내에서 하청 업체의 노동자로 일하고 있다는 사실에 경영진은 경악을 했던 것이다.

나는 하청 업체의 노동자였기에 그 업체의 노조원이 될 수도 없었고 따라서 노조에 어떠한 영향력을 행사할 수 있는 입장이 아니었다. 그러나 그들은 내가 조용한 연못에 돌을 던지는 자가 될 수 있다는 생각을 가지고 있었다.

난감했다. 나 한 사람 출입을 통제하여 못 다니게 하는 것은 그렇다 쳐도, 어렵게 하청을 따내 힘들게 사업을 하고 있는 가난한 사업장의 사장에게 나로 인해 피해가 가면 어쩌나 걱정이 되었다. 하청이 철회될 수 있는 사안이 아닌가. 그에게만은 피해가 가지 않도록 해야 할 터였다.

할 수 없이 평소 알고 지내던 인천 소재의 신문사 기자들에게 연락하여 원만한 사태 해결이 되도록 도움을 청했다.

그들이 인천지방 노동청 관계자들에게 원만한 해결을 촉구했고 노동청 관계자의 주선으로 원만한 해결을 볼 수 있었다. 그러나 그 이후로 나는 그 사업장의 책임자들로부터 자유로울 수 없었다.

이 무렵 나는 몸이 아주 쇠약해져가고 있었다. 체력이 쇠약해져 더 이상 열악한 노동 현장에서 버틸 수 없는 지경에 이르고 있었다.

　나는 이즈음 20여 년 동안 나름대로 최선을 다해온 그 노동 현장을 떠나야 하는 노동의 실패자가 되어가고 있었다.

저 고향의 길섶에

나를
떠나보낸 고향 길.

더도 말고
덜도 말고
마모된 기계 소리만큼만
추억을 깔고 누워라.

바람 부는 길가에서
민들레
꽃씨를 휘날리지 않아도 좋고

길모퉁이 도랑에서
시냇물 소리
흐르지 않아도 좋아라.

슬픔처럼 다듬어진
저 고향의 길섶에
다만,

되밟고
돌아가야 할
내 옛 발자국 같은 흰 눈발만
조금조금 나리어라.

시 한 편을 쓰고 사표를 썼다

약 부작용의 후유증과 고단하고 열악한 노동으로 인해 나의 몸은 피골이 상접할 정도로 야위어갔다. 점차 근력도 잃어갔다. 더 이상 40도를 오르내리는 현장에서 화공약품 시너 타는 냄새를 맡아가며 노동을 한다는 것은 무리라는 생각이 들었다.

한때 내가 다니고 있는 교회에 교육 전도사로 사역했던 A 목사가 찾아왔다. A 목사는 기독교 관련 주간신문을 발행하고 있었다. 발행한 지 1년 정도 된 신생 신문이었다.

나에게 그 신문사의 기자로 일해달라 했다. 1년 전 창간 당시에도 편집국장으로 참여해달라 했지만 내가 거절했다. 신문사의 경험이 전혀 없는 나에게 신문사에서 중추적 역할을 해야 하는 편집국장의 직함은 부당하였기 때문이었다. 신문사는 물론 구성원 모두에게 누를 끼치는 것이라 생각되었다.

그러나 A 목사는 내가 이미 시인으로 활동하고 있는 점을 들어 그만한 자질이 된다며 창간 멤버로 참여해달라 했던 것이다. 그때 난 그가 나를 배려해주는 것에 대한 고마움으로 1년 동안 기사 작성법을 비롯한 기자 수업을 독학한 다음 일선 평기자로 참여하겠다고 약속했다.

A 목사는 1년 전 다짐했던 그 약속을 지키라는 거였다. 나이도 있고 하니 최소한 부장 직함은 가져야 한다고 했지만 내가 반대했다. 나는 말단 기자로 시작하길 원했다. 그러나 그의 강력한 주장에 밀려 취재부 차장으로 신문사 일을 시작했다.

지난 1년 동안 신문사 일과 관련된 전문 서적을 구입해 독학했다. 기사 작성법을 비롯해서 취재 요령 같은 것도 나름대로 공부했다. 공장에서 꼭 필요한 사람으로 일해왔듯이 신문사에서도 꼭 필요한 사람이 되고 싶었다. 필요하지 않은 사람, 있으나 마나 한 사람이 아니라 없어서는 안 되는 사람이 되어야 한다고 생각했다. 이는 타인에 대한, 조직에 대한 배려에서라기보다 나 자신을 위해서이다.

1993년 2월. 20년간 몸담아왔던 공장 노동 현장을 떠나 서른여덟 살의 나이에 주간지 신문사의 기자가 되었다. 나이만 들었지 실전에 있어선 초년병이었다. 따라서 모든 걸 배운다는 마음으로 기자 생활을 시작했다. 그러한 마음가짐으로 사내에서나 밖에서나 생각하고 행동했다.

취재 현장에서 다른 신문사의 기자들을 자주 만나게 되었다. 나보다 무려 열 살 아래의 기자들이 대부분이었다. 그러나 그들은 나보다 먼저 기자 생활을 시작한 선배들이다. 그들을 선배로 깍듯이 대했다.

취재 현장에서 만나면 공손히 허리 굽혀 인사했다. 대부분이 내가 인사를 해도 무시했다. 선배 대접을 받겠다는 일종의 행위였다.

그러나 그들은 선배 대접을 받을 줄만 알았지 선배 노릇을 할 줄은 모르고 있었다. 개의치 않고 변함없이 그들을 대했다. 그리고 열심히 뛰었다. 그들보다 늦게 시작했지만 진정한 기자의 세계가 무엇인지 그들보다 먼저 터득하고 싶었다.

신문사 생활은 생각했던 것보다 어려움이 따랐다. 우선 받는 월급이 공장에서 받았던 월급의 절반 정도밖에 되지 않아 생활고에 허덕여야 했다. 그러나 그러한 외적인 문제보다 내적인 문제가 더 크게 다가왔다.

노동자로 있을 땐 기자들을 사회의 파수꾼으로 여겼었다. 잘못된 것이 있으면 지적해주고 잘된 곳이 있으면 널리 알리어 귀감이 되게 하고 계도와 선도를 해주고 양심이 살아나게 해야 한다고 생각했다. 그러나 내가 직접 몸담아보니 그것은 하나의 이상이었다. 현실은 생각했던 것과 엄청난 차이가 있었다.

경영에 이로운 쪽으로 행동할 수밖에 없는 구조였다. 8개월간 지내오면서 그러한 내적인 문제로 고민하게 되었다.

신문이 신문의 역할을 못 하고 기자가 기자의 역할을 제대로 못 한다면, 부끄러운 일이다. 고민 끝에 시 한 편을 쓰고 사표를 썼다. 첫 기자 생활은 이렇게 실패로 끝나버렸다.

길

일천구백구십삼년 삼월 초하룻날
시인이란 딱지를 붙인 덕에
이십여 년 몸담고 마음 주었던
공장 생활을 떠나
나 기독선교신문사라 하는
주간지 신문사의 기자가 되었네

자식들은 아비가 더 이상
밤샘하는 공돌이가 아니라며
초저녁 별처럼 떠들어대고
아내는 건강을 되찾을 거라며
노정(勞程)의 베갯머리에서
늦가을 박처럼 밤잠을 설쳐댔지만

실금실금 목젖 같은 눈물이 나왔네
노독에 찌들어
철 바뀌는 오뉴월
냉기 없는 끝 바람에도
실없이 몸살을 앓아대는 내 몸뚱이
왠지 전장의 패배자 같은 생각이 들어

이제는 이게 내 삶이다
취재 노트 펼쳐 들고
단 한 번의 부흥집회로

몇백만 원의 돈을 챙긴다는
돈 많은 부흥목사들을 만나보고

습기 찬 냉바닥 지하실에서
몇 푼 안 되는 사재를 털어
더 못한 이들께
자선을 베풀고 있는
돈 없는 성직자들도 만나보았네

오늘은 일천구백구십삼년 십일월 초하룻날
시인이란 딱지를 붙이고 기자가 된 지
여덟 달 만에 사표를 썼네
인터뷰 취재를 하러 가기 전
점심을 사주어야 하는
돈 없는 사람들보다,
점심을 사주고
교통비도 넣어주는
돈 많은 이들 앞으로 나 있는 길
자꾸만 그 길로 향하려는
내 가난한 발길

다독이며, 사표를 썼네

완전한 실패와 완전한 패배

완전한 실패와 완전한 패배!

20년 공장 노동자 생활을 그만둔 것과 신문사에 들어간 지 8개월 만에 그만두는 과정을 거치면서 난 내 삶에 있어 완전한 실패감과 완전한 패배감에 젖어 있었다.

그러한 마음에 젖어 혼자 술을 한잔하고 있는데 어떻게 알았는지 출판사를 경영하는 정성수 씨가 찾아왔다. 그는 시집을 내는 과정에서 알게 된 사람이다. 이후 호형호제하는 사이가 되었다.

그는 다니던 출판사를 그만두고 자신이 직접 출판사를 차려 운영하고 있었다. 그는 나를 만나자마자 대뜸 자기 출판사에서 함께 일하자고 했다.

"유능하고 젊은 전문가들이 많은데 아무런 자격도 갖추지 못한 내가 필요하겠어?"

그래도 그는 내가 필요하다고 했다. 평소 나를 형처럼 생각해주었던 그였다. 나를 구제 차원에서 제의하는 것 같아 거절했다. 그러나 그는 쉽게 물러서지 않았다.

나는 영업을 담당하기로 했다. 약 부작용으로 실직 상태였을 때 책 세일을 했던 경험이 있어 영업을 맡기로 했다. 영업 성격상 출판사의 영업과 책 세일은 차이가 있지만 편집기획 쪽보다 그 방향에 기여도가 클 것으로 생각했다.

서울을 비롯한 수도권 대형 서점들을 돌면서 서점의 담당자들을 만나 우리 출판사에서 발간한 책들을 위치가 좋은 곳에 진열해주길 부탁하는 일부터 지방 도매점을 상대로 하는 영업까지 모든 걸 맡았다. 그리고 수금하는 일까지 담당했다.

신생 출판사인 데다 자본이 열악하다 보니 그야말로 돈 벌어줄 만한 원고를 찾기 힘들었다. 장사가 잘 될, 이름이 나 있는 작가들 원고는 경쟁력 있는 출판사들의 몫이기에 그들의 원고를 확보한다는 것은 하늘의 별 따기였다.

정 형은 한때 작가의 꿈을 가지고 있었던 터라 올바른 책을 내겠다는 정신이 대단했다. 따라서 책 한 권을 내더라도 속 알맹이 없는 그러한 책은 절대 출간하지 않았다. 아무리 장사가 잘 되어 돈이 될 것 같은 원고라 해도 내용이 조악한 것은 거절했다. 그러다 보니 출판사의 사정은 점점 어려워갔다.

나는 서점들을 돌면서 담당자들에게 좋은 이미지를 심어주려고 노력했다. 신간 서적이 위치가 좋은 곳에 진열되고 안 되고의 문제는 그들의 손에 달려 있다. 그들의 마음을 움직여야 보다 좋은 위치에 우리 출판사의 책이 진열될 수 있었다.

그러나 출판사가 하나둘이 아니고 책들 또한 수없이 쏟아져 나오니 좋은 위치에 오랫동안 진열된다는 것은 불가능한 것이다.

사정이 이렇다 보니 일부 몰지각한 출판사는 간혹 적절하지 못한 방법으로 '베스트셀러 만들기 작전'까지 세우기도 하는 것이다.

출판사에서 최선의 노력을 다 해보았지만 출판사의 살림은 나날이 곤궁해져갔다. 급기야는 사무실 세를 내지 못하는 지경에 이르렀다. 감원해야 했다. 이러한 상황에서 내가 내 자리를 지키고 있다는 것은 그동안 나를 배려해준 정 형에 대한 올바른 태도가 아니었다.

출판사를 그만두던 날 정 형과 나는 함께 일할 수 없는 상황을 참으로 안타깝게 생각하며 술잔을 기울였다.

열린 창문

열린 창문에
길이 하나 있습니다

열린 창문은
그 길로
세상을 내다보라 합니다

왠지 그 열린 창문이 싫어져
창문 없는 벽을 바라봅니다

창문 없는 벽은
자기에겐 길이 없다 합니다

그 길 없는 벽에
나는 열 길 백 길 천 길을
만들어봅니다

할 수만 있다면 선한 것을 캐어내고 싶다

출판사를 그만두고 무엇을 할 것인가 고민하던 중이었다. 전에 잠시 근무했던 기독교계 주간지 신문사에서 다시 일해줄 것을 요청해왔다. 그 신문사는 이상과 현실을 놓고 고민하다 이상을 쫓아 나 스스로 그만둔 곳이었다.

가난하고 소외되고 힘없는 자들을 위해 존재해야 할 신문사가, 그리고 일해야 할 내 발길이 그런 이들을 외면하고 자꾸 부유하고 힘 있는 자들을 위해 존재한다는 사실이 싫어서 그만두었던 곳이다. 이를테면 현실을 외면하고 이상에 젖어서 말이다.

참으로 어려운 고민에 빠졌다. 다시 신문사에 들어가서 일을 해야 할 것인가, 아니면 다른 그 무엇을 해야 할 것인가! 이제까지 살아오면서 앞으로 무엇을 하며 살아가야 할 것인가를 놓고 이렇게 깊이 고민해보기는 처음이었다. 그 고민에 지쳐 며칠간 술을 퍼마셨다. 그러나 해답을 쉽게 얻을 수 없었다. 오히려 몸과 마음이 혼탁해지고 어지러워왔다.

이런 와중에 가세는 점점 더 어려워져 말이 아니었다. 아내가 공장에서 몇 푼 벌어왔으나 커가는 두 아이 학비며 생활비를 대기엔 어림없었다. 하나님께 기도드리고 응답을 구했다. 구체적인 응답은 없었으나 고민에서 헤어나 하루빨리 결정을 내리라고 말씀하는 것 같았다.

그 말씀에 따라 이상과 현실 사이에서의 방황을 끝내기로 마음먹었다. 쇠약해질 대로 쇠약해져 더 이상 버티지 못하고 공장을 나온 몸이 다시 공장에 들어간다는 것은 불가능한 일이었다.

내가 다시 들어가고 싶어도 몸이 허약해졌다 하여 받아주지 않는 상황이었다. 그러나 신문사에선 이미 능력을 인정받은 터였다. 그리하여 다시 와서 일해달라는 것이 아닌가.

내가 그 어떠한 큰 이상을 품고 그것을 설파하려는 이상주의자도 아니고 그렇다고 그 이상을 갖고 부조리함을 정화시키는 운동가가 아닌 바에야 그저 그렇게 시류에 영합하여 살아가는 것도 크게 잘못된 것은 아닐 듯싶었다.

더 나아가 처자식을 위해 일한다는 것, 아니 좀 더 솔직히 말해 나를 위해, 그 누군가를 위한 것이 아니라 나 자신을 위해 산다는 것도 큰 잘못이 아니다 싶었다. 이것은 분명 못된 자기 합리화이며 궤변에 지나지 않지만 어쩔 수 없었다.

그렇게 다시 신문사에서 일을 해온 지 어언 10여 년이 되었다. 그동안 다시 신문사에 들어올 때 마음먹은 것처럼 철저히 나를 위해 살아왔다. 신문사가 원하는 것이 무엇인지 충성스런 한 마리의 개가 되어 짖어야 할 때 짖고 꼬리 쳐야 할 때 꼬리 쳤다.

그 덕분에 불쌍할 정도로 가난하게 키워온 두 아이를 대학교에 진학시킬 수 있었다.

물질적 삶의 질은 공장 노동자로 있을 때보다 훨씬 안정되었다. 그러나 정신적 삶의 질은 자꾸 타락되어왔고 피폐해져왔다. 신문사 생활 10년간은 나에게 있어 그야말로 혼돈의 시기였다.

그러나 나는 이 삶을 여기에서 중단할 수가 없다. 지금 중단하면 나는 물론이고 처자식이 설계해놓은 그 모든 생활 계획이 중단되기 때문이다. 내게 질병이라든가 불의의 사고 등 불가항력적인 상황이 발생한다면 모를까 내 스스로 중단할 수 없다.

참으로 애석한 노릇이지만 앞으로 이렇게 얼마나 많은 나날들을 피폐하게 살아갈지 나 자신도 모른다. 그저 이 상황에서 최선을 다할 작정이다. 이렇게 살아가다 또 어떠한 성격의 실패를 맛볼지 모른다.

하지만 이제껏 그래왔듯이 또 하나의 실패가 나를 기다리고 있더라도 나는 결코 그로 인해 좌절하지 않을 것이다. 하나님이 나에게 주신 그 생과 삶을 포기하지 않을 것이다. 모든 걸 하나님이 내린 축복으로 믿고 온전히 받아들이고 또한 따를 따름이다.

그렇지만, 정말 그 와중에서 할 수만 있다면 선한 것을 캐어내고 싶다.

오늘 난 야단을 맞고 싶다

저 높고 푸른 하늘 아래
오늘 난 야단을 맞고 싶다

그 언제였던가 그 어느 모임에서
노동이 살아야
아름다운 세상이 제대로 열린다고
열변을 토하고 귀가하던 길목
천사의 집 이름 모를 농아

지나쳐 가는 낯선 내 발길
구멍가게 진열대 새우깡 앞으로
한사코
잡아끌던 그 작은 손

뿌리쳤던
내 부끄러운 손의 기억을
저 높고 푸른 하늘 위에
다소곳이 얹어놓고

오늘 난
실컷 야단을 맞고 싶다

제3부

'불평등'에서 '평등'으로 가는 노동운동

부평

인천시 부평은 고향과 다름없는 곳
이다. 이곳에서 25년간 살았다. 고향인 충남 홍성에서 16년간 살고
떠나왔으니 고향보다 더 오랜 기간을 살았다. 부평은 4공단에서 여
공으로 일하던 아내를 만난 곳이기도 하다. 그만큼 고운 정 미운 정
이 많이 든 의미 있는 곳이다.

부평과 처음 연을 맺은 것은 1975년이었다. 당시 내가 몸담고 있
던 에나멜 제조 공장은 '도시 B형 업종'으로 1급 공해 사업장이었
다. 따라서 이 제조업 사업장들은 정부 방침에 따라 수도 서울에서
지방으로 이전되었다. 부평의 까치마을 입구로 이전해 온 공장에서
일하게 된 것이 부평과 연을 맺게 된 계기다. 까치마을은 현재의 작
전동 일원이다.

당시 내가 일하던 까치마을 입구의 공장은 논과 밭으로 둘러싸
여 있었다. 그때까지만 해도 60년대 말 조성된 인근의 부평 4공단
부지에 공장들이 다 들어차지 못하고 빈 공장 부지들이 군데군데

이빨 빠진 모양으로 있었다.

3년 후 1978년 부평을 떠났다가, 1982년 다시 공장을 따라서 부평으로 왔다. 이후 작전동과 청천동, 산곡동 등에서 22년간 더 살았다. 모두 25년을 살았으니 부평은 고향이나 다름없다.

청천동 공단 마을 단칸방은 여름엔 덥고 겨울엔 추웠다. 아래층에 방 하나 부엌 하나 다섯 가구, 위층에 방 하나 부엌 하나 다섯 가구 모두 열 가구가 세 들어 사는 2층 건물은 항상 북적이고 시끄러웠다.

겨울엔 부엌에서 방 안으로 스며드는 연탄가스에 중독되는 화를 면하려고 창문을 살짝 열어놓고 잤다. 아랫목부터 큰아이 작은아이를, 그다음에 아내, 창문과 가까운 곳에선 내가 잤다. 아침에 일어나보면 머리맡에 놓아둔 물그릇이 꽁꽁 얼어버렸다.

유일하게 수도꼭지가 있는 마당은 아침부터 식사 준비 설거지 빨래하는 소리, 어린아이들 울음소리 등등으로 혼란스러웠다. 마치 벌들이 분주하게 드나드는 벌집 같았다. 그 소란스러움과 혼란스러움에서 야간 일을 하고 낮잠을 자려면 맨정신으로는 도저히 잠을 잘 수 없었다. 다시 야간 일을 나가려면 잠을 자야 한다. 그 잠을 억지로 자기 위해 아침에 퇴근하는 길에 구멍가게에 들러 소주를 유리컵에 따라 단숨에 마시고 취한 채로 잠들곤 했다.

부평 4공단이 조성되면서 급조된, 이러한 공장 노동자들의 삶터 공단 마을 청천동은 내 문학의 배경이 되었다. 공단 마을 노동자, 이들의 삶과 정서를 담아낸 시를 1985년부터 습작했다. 1989년 첫 시집 『손 하나로 아름다운 당신』을 사무실도 제대로 갖추지 못한 인천의 출판사에서 출간했는데 의외로 세상의 관심을 받게 되었다.

시집은 당시 『기호일보』 문화부 기자였던 『대전일보』 신춘문예 출신 이항복 소설가가 편집을 담당해 출간했다. 출간된 후 이 시집과 관련해 KBS, MBC, SBS 등 지상파 방송 3사 TV의 몇몇 교양 프로그램에 출연했다. 여성잡지들을 비롯해 이런저런 다수의 잡지에서도 인터뷰 기사를 게재했다.

방송을 청취한 영화사에서 시집 내용을 영화로 만들겠다며 계약금을 주었다. 그러나 영화 제작으로 이행되지 않아 계약금을 돌려주려 했다. 영화사에선 계약금으로 지불한 것이니 되돌려 받지 않겠다고 했다. 그 돈을 13년 된 14평짜리 낡은 아파트를 구입하는 데 보탰다. 처음으로 나에게도 내 집이 생긴 것이다. 꿈만 같았다.

부평 4공단 여공

늘 그녀들로부터 위축되어 있었다
맘에 드는 상대가 나타나도
내 처지만 생각하면
적극적으로 나서질 못했다
가까이 접근을 하면
공돌이 주제를 파악하지 못하고 있다며
면박을 줄 것만 같아 그냥 지나치고 말았다
궁여지책으로 펜팔을 했다
펜팔 업체로부터 소개받은 그녀는
부평 4공단에서 여공으로 일하고 있었다

그립다, 보고 싶다, 사랑한다는 말 대신
연장 작업, 휴일 특근 작업, 36시간 교대 작업,
공장 생활의 고단한 이야기들이 오고 갔다
아프지만 병원 갈 돈이 없다는 소식이 오고 갔다

"아프지만"이란 소식에
그녀가 보고 싶어졌다
"병원 갈 돈이 없다"는 소식에
서로 사랑하게 되었다

석면 가루

내 몸은 해마다 봄을 탔다. 유난히 봄을 타서 겨울 동안 메말라버렸던 찔레꽃 마른 가지에 여린 새 가시가 돋고 새하얀 꽃망울이 망울지는 봄날이 시작되면 더욱 쇠약해졌다. 2000년 그해 봄은 그 증상이 더 심해 몸무게가 45킬로그램으로 빠졌다.

1983년 스물아홉 살 때부터 나타나기 시작한, 온몸의 피부가 짓무르는 등 여러 형태의 이상 증상들이 진폐증의 전조 증상이었다는 것을 17년이 흐른 2000년 봄에 진단을 받고서야 뒤늦게 알게 되었다. 열일곱 살부터 일해온 에나멜 동선(전자석 선) 제조 공장에서 흡입해온 석면 가루가 원인이었다. 원인 모를 피부병 등 그동안 몸에 나타났던 이상 증상들이 약의 부작용이 아니었음을 비로소 알게 되었다.

공장에서 함께 일했던 어린 나이의 동료들이 갑자기 원인도 모르게 몸이 아파 고향으로 낙향한 후 얼마 안 되어 사망했다는 소식을 듣곤 했는데 그 원인을 미루어 짐작할 수 있게 되었다.

의료진의 말에 의하면 진폐증이 나타나기까지 기간에는 여러 유형이 있다. 유발 물질을 흡입 후 짧은 기간 안에 나타나는 경우가 있는가 하면, 몇 년 후에 나타나기도 한다. 30년 또는 40년 장기간 세월이 흐른 후에 나타나는 경우도 있다. 나는 후자에 속한다.

석면은 그 자체로 방수, 단열 효과가 뛰어나며 값이 싸다는 장점 때문에 공장과 건설 분야에서 단열재로 사용했다. 자동차 분야에서도 사용되어왔었으며 심지어 화장품에도 들어가 있었다. 석면 가루는 냄새가 나지 않으며 눈에 잘 보이지도 않는다. 체내에 들어오게 되면 축적되어 배출되지도 않는다. 석면 가루는 복막과 흉막 중피종이라는 난치성 희귀암의 직접적인 원인이 된다.

잠복기가 굉장히 길고 증상이 단순 복통과 흉통에 그치는 경우가 많아 이미 암을 발견했을 때에는 손쓸 수 없는 경우가 많다. 단지 석면 가루가 묻은 옷을 세탁만 했을 뿐인데 악성 중피종에 걸린 사례도 있다. 세계보건기구(WHO)는 석면을 담배와 동급인 1급 발암물질로 지정해놓고 있으며, 미국에서는 1970년대부터 석면 사용이 금지되었다. 우리나라도 2009년부터 제조, 가공 등이 완전히 금지되어 사용할 수 없도록 석면 안전관리법이 제정되었다.

이미 사용된 석면은 누군가가 제거하는 것 외에는 손쓸 방법이 없다. 건물에 사용된 석면이 벽에 금이 가 새어 나와도 정밀 측정하지 않는 한 밝혀낼 방법이 없다. 전문가들은 군대에서 사용된 석면의 경우 제거하는 데 수십 년이 걸리는 것으로 진단하고 있다.

이처럼 2009년 이전에 지어진 건물과 산업 현장의 설비들은 석면의 위험성에 여전히 노출되어 있다. 정부는 공공시설의 석면 제거 작업을 실시하고 있으나 이미 사용된 석면을 100% 제거한다는 것은 쉽지 않다. 개인 소유 건축물이나 설비는 철거, 해체하는 경우에만 석면 조사를 하게 되어 있어 여전히 석면에 노출되어 있는 것이 우리의 현실이다.

그러한 석면 가루에 나는 17세 때부터 노출되었던 것이다. 내가 20여 년간 공장에서 만든 에나멜 동선, 전자석 선은 전기 절연체다. 모터 등 전자 제품, 가정과 공장의 배선 재료 등으로 사용되는 구리 도선은 특수 도료, 고무, 플라스틱 등으로 각각 절연되어 있다.

이 중 내가 만든 전자석 선은 전자 제품에 사용되는 것으로 특수 도료로 피복을 입혀 절연시킨 것이다. 정해진 규격으로 가느다랗게 늘린 다양한 굵기의 구리선에 특수 도료를 입혀 고열의 건조로를 수회 반복해 통과, 건조시켜 만든다. 그 건조로의 고열을 빼앗기지 않기 위해 보온재로 사용한 것이 석면포와 석면 가루다. 기계의 진동에 의해 건조로의 틈새에서 보이지 않게 나온 그 미세한 석면 가루를 오랜 기간 나도 모르게 숨 쉬면서 흡입한 것이다.

그뿐만이 아니다. 건조로의 열선이 고온에 의해 단절되는 경우가 종종 있었는데, 그럴 때면 건조로를 분해해서 열선을 싸매고 있는 석면포를 벗겨내고 석면 가루를 퍼내놓고 단절된 열선을 수리했다. 수리를 다 마친 후엔 벗겨놓았던 석면포로 다시 싸매고 석면 가루를 채워놓았다.

이러한 위험한 작업을 위험한 줄도 모르고 17세 때부터 20여 년간을 했다. 지내놓고 보니, 참 아득한 세월이었다.

후일담

"이제 공기 좋은 곳에서 살게 되어
잘 되었구면"
"집 한 칸 없이 가난하게 살았어도
아이들 반듯하게 잘 자라서 복 받았지"
"자신을 돌보지 않고
이웃을 먼저 챙겨주어서일 거야"

다른 곳에서는 살아갈 수 없을 것처럼
자리 잡은 곳이 이곳이고
아이들 키운 곳이 이곳이라며
공단 마을 달동네 궂은일 도맡아 하던 그가

갑자기 전원생활을 하고 싶다며
벽촌으로 떠나던 날
우린 그가 터 삼아 지내던 골목
구멍가게 문턱에 둘러앉아 부러워했다

몇 달 후 그가
우리 모두 알지 못했던
젊은 날 공장에서 얻었다는 직업병으로
세상을 떠났다는 후일담이 전해왔다

긍정적 마인드

한일 월드컵으로 온 나라가 뜨거웠던 그 이듬해, 2003년 초여름에 25년 동안 살았던 정든 부평 땅을 떠나 김포로 이사 왔다. 공기 좋은 곳에서 요양하라는 의사의 권유에 의해서다. 드넓은 김포평야의 풍무동으로 이사 왔다. 혼탁한 부평의 공기를 벗어나 논과 밭에서 뿜어져 나오는 김포의 청정 공기 속으로 왔다. 김포로 와서 모든 대외 활동을 중지했다.

어느 가을날 저녁, 김포 들녘을 거닐며 유년기 때부터 살아온 생의 매듭들을 떠올려보았다. 떠올려보니 결코 순탄치 않은 매듭들이었다. 그 매듭들을 그런대로 잘 풀고 이 지점까지 온 건 오로지 긍정적으로 생각하고 받아들인 사고, 마인드 덕분이다.

그 긍정적 마인드로 유소년 시절 아버지의 주사로 인한 폭력성의 매듭을 배우고 답습하지 않았으며, 고교 진학을 못 하고 소년 노동자가 된 매듭 앞에 실망하지 않았다. 또한 온몸의 피부가 짓물러 오고 밤낮없이 속사포처럼 나오는 기침 등 육체에 가해진 고난의 매듭 앞에서 굴하지 않고 검정고시 독학과 시 습작을 했다. "그래. 긍정적으로 받아들이자." 이제까지 그리해왔듯 현재의 매듭인 진폐증도 긍정적으로 대하기로 했다.

긍정적 마인드는 모든 고난을 압도한다. 그리하여 어떠한 고난이 와도 좌절하거나 절망하지 않는다. 반드시 극복한다. 삶을 행복하게 한다. 자신뿐만이 아니라 가족과 이웃, 그리고 주변을 행복하게 한다.

또한 긍정적 마인드는 어떠한 의술과 의약을 능가한다. 아무리 의술이 발전하고 의약이 좋아진다 해도 환자가 병마에 대한 긍정적 마인드를 갖고 있지 않으면 병마에서 헤어나지 못할 수 있다.

병마로 몸이 하도 많이 야위어서 성인 옷이 맞지 않았다. 긍정적 마인드로 치수가 작은 아이들 옷을 사 입었다. 아이들의 캐주얼 바지와 티셔츠가 바싹 마른 몸에 딱 맞았다. 잘 맞긴 했지만 뭔가 어색했다. 짧은 머리였다. 머리를 길렀다. 기르기만 했더니 그래도 좀 어색했다. 파마를 했다. 염색을 했다. 염색도 까만색보다 멋 내기 염색, 갈색으로 했다. 허리띠 또한 캐주얼 바지에 맞췄다. 목걸이도 했다. 그리했더니 주변에서 잘 어울린다 했다.

언제나 그랬듯이 긍정적으로 생각하고 행동하니 마음이 즐겁고 행복했다. 마음이 즐겁고 행복하니 투병하는 몸 또한 덩달아 즐겁고 행복해졌다.

당신은 지금 고난에 처해 있고 절망스러운가. 그렇다면 긍정적인 마인드를 가져보시라. 부정적으로 사고하지 말고 긍정적으로 사고하시라. 그리하면 반드시 삶이 보다 풍요로워질 것이다.

김포로 오기 전부터 내 의지와는 상관없이 내 생을 갑자기 마감할 수도 있는 상황이 올 수 있겠다는 생각이 들었다. 이를 대비해 틈틈이 새로운 시집 발간을 준비해왔다. 마지막 시집이 될 거라 생각했다. 그러하기에 죽어 하늘의 별과 달이 되지 말고 지상의 나무와 꽃가루 향기가 되어 노동자 민중들과 함께하길 소망하는 「나는 죽어 저 하늘에 뿌려지지 말아라」라는 시도 썼다. 시집 제목도 같은 이름으로 내기로 하고 준비해왔다. 준비해온 그 시편들로 2006년 2월 새 시집을 내놓았다.

'갑자기 생을 마감할 수 있겠다'라는 그 상황은 생각보다 빨리 왔다. 2006년 5월 진폐의 몸에 합병증이 왔다. 의료진이 합병증이 오면 회생 가망성이 없다고 했는데 그 합병증이 온 것이다. 수술을 받기로 했다. 주치의는 만약 회생이 된다면 의약품도 좋아지고 의술 또한 좋아지니까 의외로 오래 살 수도 있다 했다. 오래 살 생각은 없는데 그래도 회생해서 다시 세상을 보았으면 좋겠다고 생각했다.

수술대에 올라 마취약이 몸에 스며드는 그 짧은 순간 하나님께 일생 처음으로 간절한 기도를 드렸다. 다시 생을 달라고, 재생된 삶을 주신다면 예수님의 가르침에 따라 사랑으로 타인과 이웃과 사회에 보다 더 헌신하며 살겠다고 기도했다.

"깨어나셨네요."

아득한 먼 곳에서 한줄기 실바람처럼 온몸을 뚫고 들려오는 중환자실 당직 간호사의 미약한 목소리에 눈을 떴다. 눈을 뜬 처음 한동안은 어떠한 상황인지 전혀 알 수 없었다. 한동안 시간이 흐른 뒤에서야 수술대에 올랐던 기억이 났다. 살아난 것이다. 가망성이 희박하다 했는데 살아났다. 하나님께서 재생시킨 것이다. 주치의 흉부외과를 비롯해 신경외과, 내과 등 수술을 집도했던 관련 과장들이 수시로 몸 상태를 체크했다.

중환자실에서 6인실 일반 병실로 옮겨온 다음 날 아침, 그때서야 오른쪽 손가락이 제대로 작동되지 않는다는 걸 알았다. 움직이기는 했으나 힘이 약해 연필 등을 잡을 수가 없었다. 옆에서 지켜보고 이 사실을 알게 된 삶의 동지 아내를 비롯해 병실 안의 환자들과 보호자들이 일제히 의료사고라며 걱정을 했다. 그러나 나는 걱정되지 않았다. 재생되었다는 이 사실이 감사할 따름이었다. 최선을 다했을 의료진이 마냥 고마웠다.

회진을 온 주치의 흉부외과 과장이 이 상황에 적잖이 걱정스럽고 당혹스런 표정을 지었다.

"과장님, 고맙습니다. 걱정하지 마십시오. 괜찮습니다. 왼손을 잘 사용하면 됩니다. 그리고 언젠가는 이 오른 손가락들도, 제가 재생되었듯이 정상으로 돌아올 거라 확신합니다."

의사가 나가자 아내와 병실 안 사람들이 일제히 이구동성으로 "무슨 말을 그리하느냐" "의료사고인데 따져야지 괜찮다고 하면 되느냐"고 면박을 주고 걱정을 했다.

일반 병실로 올라온 지 열흘 정도 지난 오후 주치의가 보호자인 아내와 나를 진료실로 불렀다. 수술 당시 촬영한 장시간의 영상을 세세히 보여주며 설명했다.

"여기 이 부분이 척추와 닿아 있는 곳으로 신경이 연결된 곳입니다. 여기에도 생긴 이 풍선 같은 제거물을 반드시 제거해야만 했습니다. 척추와 멀리 자리한 제거물들은 제거하기에 큰 문제가 없었지만, 이곳은 다루기 어려운 곳이라 망설였습니다. 그러나 제거하지 않을 경우 합병증이 반드시 다시 온다는 사실을 잘 알기에 제거했습니다. 문제가 있었다면 이곳의 제거물을 제거하는 과정에서 신경을 건드렸을 수 있습니다만 모니터링 결과 그렇지도 않습니다."

"과장님. 모니터링을 보니까 더 고마운 마음이 듭니다."

"제 경험이 적지 않지만 이번 수술은 저에게도 의미가 큰 수술이었습니다. 그만큼 어려운 수술이었습니다. 특히 문제의 이 부분 같은 경우는 처음 경험하는 것이었습니다."

"네. 과장님. 다시 감사드립니다. 몇 차례 거듭 말씀드렸지만, 제 손가락은 걱정하지 마십시오. 열심히 훈련하여 힘을 키우면 정상으로 사용할 수 있을 겁니다. 하하. 확신합니다."

"의사 생활 20여 년 동안 수많은 수술과 진료를 해왔고 여러 상황이 있었지만, 환자가 의사를 위로하고 확신을 주는 경우는 처음입니다. 더구나 이러한 상황에서 말입니다. 큰 감동을 받았습니다."

당시 수술을 계기로 병원에서 25일간 입원해 있었다. 입원해 있는 동안 그동안 풀지 못한 어려운 과제 하나를 해결했다. 투병으로 몸이 쇠약해지면서 불면증이 생겨 3년간 복용해온 수면제와 안정제를 끊기로 마음먹었다. 더 이상 복용하지 말고 끊어야지 하면서도 끊지 못한 약이었다.

3년 전 어느 날 갑자기 온 불면으로 며칠 동안 잠을 못 잤다. 투병하며 쇠약해진 몸으로 불면에 시달리면 악영향이 올 거라고 판단한 의사의 권유로 수면제를 먹기 시작했다.

처음엔 반 알을 먹었는데 시일이 갈수록 반 알에서 한 알로, 한 알에서 두 알로 양을 늘려야 잠이 왔다. 더구나 안정제까지 보태서 먹게 되었다. 이 약들을 먹을 때마다 약을 먹어야만 잠을 잘 수 있는 나 자신이 한없이 한심하다는 생각이 들었다. 어떻게든 이 약들에게서 벗어나고 싶었다.

일반 병실로 온 이후로 일부러 이 약들을 먹지 않았다. 수면제를 복용하지 않자 다시 불면이 오고, 안정제를 복용하지 않자 불안함의 금단현상까지 왔다. 큰 수술 직후의 어려운 몸 상태였기에 극도로 괴로웠다.

그 괴로움은 말로 형용할 수 없을 정도였다. 그러나 그대로 버티었다. 만약 문제가 생긴다면 병실 침대에 누워 있으니 병원의 의료진이 해결해줄 것이라는 그 생각으로 버티었다.

억지로 참는 그 괴로움에 혓바닥이 갈라지다 못해 구멍이 송송 뚫렸다. 음식이 닿으면 쓰라렸다. 의약품 '알보칠'로 그 구멍들을 태웠다. 그렇게, 3년간 복용했던 수면제와 안정제를 완전히 끊었다. 그것들을 먹지 않고도 잠을 잘 수 있게 되었다.

퇴원 후 왼손으로 글씨 연습을 했다. 훈련 삼아 수술로 잘 움직여지지 않는 오른손으로도 써보았다. 처음엔 글씨 형태를 갖추지 못했다. 그러나 틈만 나면 훈련하듯 썼다. 그렇게 6개월 정도 지나자 손가락에 힘이 조금씩 생겼다. 글씨 형태도 갖추기 시작했다. 1년이 지나자 상태가 더욱 호전되어 좋아졌다. 기뻤다. 한 달에 한

번씩 진료와 약을 처방받기 위해 마주하게 되는 주치의도 무척 기뻐했다. 3년 후엔 완벽하게 그 기능을 다시 찾게 되었다. 이 모두, 긍정의 결과다.

나는 죽어 저 하늘에 뿌려지지 말아라

나는 죽어 저 하늘에 뿌려지지 말아라
저 하늘의 해와 달과 별무리로 뿌려지지 말고
뿌려지어 뿌려지어
외롭지 않은
이 산천에 뿌려지거라

내 주검 이 산천에 뿌려지어
곰삭은 흙이 되면
이름 모를 초목들과 이름 모를 들꽃들이 달려오고
때로는 이름 모를 벌레들이
쓴 입맛을 다시며 고단하게도 하겠지

인생은 살아서 한철이듯
죽어서도 한철.
주검에서도
달려오는 기쁨이 있고
쓴 입맛을 다시는 고단함도 있는 것

살아생전 내 생에

저 하늘을 탐하지 않고
해와 달 별무리 또한 탐하지 않았으니
내 주검 또한 이 산천에서
끝끝내 기쁨과 고단함의 눈물을 함께 맛보아라

산천에 비가 오고 바람 부는 날이면
눈이 내리고 인적 끊긴 날이면
나는 초목과 들꽃의 꽃가루 향기로 앉아
그대 외론 가슴으로
날아가는 노래를 부르겠네

저 천상이 이 산천을 탐하는 노래를 부르겠네

어머니 이옥금

이옥금(李玉金). 그녀는 1927년 3월 13일 충남 청양군 비봉면 양사리의 빈농에서 태어났다. 일제강점기에 넉넉하지 못한 집안에서 태어났지만, 선비 기질을 지켜온 친척들의 돈독한 사랑을 받으며 성장했다.

19세 되던 해 충남 홍성군 월계리에 기반을 둔 다섯 살 위 정동팔(鄭東八)과 혼인, 두 아들을 낳았으나, 6·25전쟁 그 북새통에 심부름을 할 정도로 자란 큰아들과 아장아장 걷던 세 살 터울 작은아들을 잃었다. 이후 전쟁이 한창이던 1952년 다시 아들을 낳았고, 휴전 후 1955년 또 아들을 낳았으며, 1958년과 1962년 아들과 딸을 더 낳았다.

남편 정동팔은 일제강점기 말 징용으로 끌려가 사할린에서 광부로 노역하다, 우여곡절 끝에 가까스로 귀국, 중년까지 탄광에서 석탄을 캐내는 광부의 삶을 살았다.

비록 자신의 집은 가난하였지만, 친척들의 사랑을 받으며 별 고

난 없이 성장한 이옥금의 삶은 결혼하면서부터 고난이 따랐다. 전쟁과 가난, 기근으로 인한 초근목피의 삶 속에서 두 아들을 잃었다는 것은 그녀가 감당키 어려운 슬픔이었다.

어린 두 아들을 죽음으로 내몬 것이 그녀가 아니라 주변 환경 때문이었다는 사실을 잘 알고 있는 남편이지만, 탄광 광부의 고단한 노동을 술로 달래는 날이면 그는 어김없이 그 탓을 그녀에게로 돌리었다. 주사가 심했던 것이다.

남편은 탓을 하는 것으로 끝나지 않고 매번 발길질과 주먹질을 해댔다. 난폭하기 이를 데 없는 폭력은 습관처럼 반복됐다. 평소에는 세상에 둘도 없을 정도로 온순하며 다정다감하고, 선한 마음으로 베푸는 사람인데 술만 마시면 그 심성이 폭력적으로 돌변했다.

전쟁통에 위로 두 아들을 잃은 마음의 충격이 큰 데다 물리적으로 가해지는 남편의 육체적 폭력, 가난으로 인한 고단한 삶은 그녀에게 평생 안고 가야 할 병을 주었다. 화병! 소위 흔히 말하는 속앓이 병이다.

나는 그녀가 1955년에 낳은 네 번째의 아들, 살아 있는 자녀들 중 둘째 아들이다. 유년 시절의 나는 어머니 품이 몹시 그리웠다. 그러나 어머니가 자주 앓아누웠기 때문에 품속으로 파고들 수가 없었다. 대신 고통스러워하는 어머니의 신음 소리 속으로 파고들었다. 파고 들어가 신음 소리에 젖어 그 신음 소리가 거세어지면 어찌할 줄 몰라 하다가 그 신음 소리가 멎고 어머니가 잠에 들면 안도의 한숨을 내쉬었다.

많이 아팠던 어머니는 제대로 앓아눕지도 못했다. 당장 숨이 넘어갈 듯 고통스러워하다가도 증상과 통증이 잠시 소강상태에 이르면 아픈 몸을 이끌고 집안의 이런저런 일들을 직접 해치웠다.

병약한 몸이었지만 가사 노동은 물론 농사일도 게을리하지 않았다. 밀린 빨랫감을 머리에 이고 빨래터로 나가는가 하면, 자식들의 해진 옷을 꿰매주고, 밥도 짓고, 청소도 하고, 뙤약볕 뜨거운 여름날 밭에 나가 잡풀도 뽑아냈다. 간혹 시장에 나가 아버지가 좋아하는 갈치와 조기 등을 사 와서 밥상에 올리기도 했다.

끙끙 앓으면서 일을 하는 어머니는 괴로웠겠지만, 나는 어머니가 누워 있는 날보다 이렇게 이런저런 일을 하며 활동하는 날이 좋았다. 그런 날은 신이 나서 어머니 곁에 바싹 붙어 어머니가 하는 일에 참견하기도 하고 거들기도 했다. 늘 침울하던 집안 공기가 모처럼 행복한 기운으로 가득 차기도 했다. 그러나 어머니는 건강한 날보다 병으로 인해 아파하는 날이 더 많았고, 따라서 우리 집안은 웃음 짓는 날보다 우울한 날이 더 많았다.

어머니의 눈물은 마를 날이 없었다. 병환의 고통으로 인해 눈물지었고, 아버지의 술주정으로 인한 폭력 앞에 울었고, 자식들이 안쓰러워 울었고, 자신의 병이 집안의 짐이 된 것이 안타까워 눈물지었다.

어머니의 병은 오직 아편으로만 다스릴 수 있었다. 그 외의 어떠한 약도 듣지 않았다. 아편을 오염되지 않은 증류수에 녹여 혈관 주사를 놓아야만 다스릴 수 있는 병이었다.

그러나 양귀비의 진액으로 만든다는 아편은 구할 수 있는 돈이 있다 해도 쉽게 구할 수 있는 물건이 아니었다. 법으로 제약을 받는 마약이기 때문이다. 아버지는 이 아편을 구하기 위해 동분서주했다. 탄광에서 한 달 동안 탄을 캐내고 받은 그 품삯을 고스란히 주고서라도 아편을 구해오곤 했다.

이러한 아버지가 고마워서일까. 아버지의 폭력에 눈물지으며, 보따리를 싸서 집을 나가겠다고 나섰다가도, 동구 밖을 미처 벗어나지도 못한 채 다시 돌아오던 어머니! 어린 자식들이 눈에 밟혀서 차마 떠나지 못하셨을 것이다. 어머니가 보따리를 쌀 때마다 나는 어머니의 낡은 무명 치맛자락을 붙잡고 매달리며 "가지 마라"고 애원했다. 정말 집을 나가버릴까 봐 가슴 졸였다. 어머니가 불쌍하고 가여웠다.

어린 시절 내가 보았던 어머니에 대한 아버지의 폭력이 어떤 성질의 것이었는지, 그 이면에 무엇이 깔려 있었는지, 더 나아가 아버지의 입장이 무엇이었는지, 이것저것 헤아려보지 않는다.

어린 시절이나 노년으로 가는 지금이나 나는 '폭력'을 '폭력'으로만 본다. '폭력'은 정당화될 수 없고, 이상화될 수도 없고, 더더구나 핑계와 이유, 거기에 따른 이해가 용납될 수 없다. 긍휼히 여기는 마음은 한결같아야 한다. 한결같지 않은 긍휼히 여기는 마음은 오히려 상대방을 아프게 한다.

어머니는 늘 나를 설레게 했다. 고통스러운 신음 소리를 내던 어머니가 편안히 잠든 모습을 보면 마음이 설레었다. 앓아누워 있던 어머니가 일어나 머리를 빗고 비녀를 꽂는 모습을 보면 마음이 설레었다. 밥을 지을 때도, 빨래를 할 때도, 밭을 맬 때도, 설레었다.

그중에서 가장 설레게 하던 모습은 시장에서 돌아올 때였다. 땅거미가 깔릴 무렵, 동네 어귀 느티나무 고목에 기대어 시장 간 어머니를 기다릴 때 어둠 저편에서 어슴푸레 다가오던 어머니의 모습은 지금 그려봐도 마냥 설렌다.

당장 숨이 끊어져 죽을 것만 같던 병약한 어머니, 항상 병마와 싸우느라 조마조마하게 했던 어머니는 다행히 자리를 털고 일어나 다시 일상으로 돌아오곤 했다.

초등학교 4학년이 되던 해, 이웃집 형이 서울로 이사 가면서 버린 잡지책을 주워 읽다가 우연히 알게 된 김소월 시인의 시 「진달래꽃」이 마치 내가 어머니를 두고 노래한 것처럼 다가왔다. 애절하게, 절실하게. 이즈음 내게, 시인이 되고 싶다는 소망이 물밀듯 밀려왔다.

차가운 사랑

차가운 사랑이
먼 숲을 뜨겁게 달굽니다
어미 곰이 애지중지 침을 발라 기르던
새끼를 데리고 산딸기가 있는 먼 숲에 왔습니다
어린 새끼 산딸기를 따 먹느라 어미를 잊었습니다
그 틈을 타 어미 곰
몰래 새끼 곁을 떠납니다
어미가 떠난 곳에
새끼 혼자 살아갈 수 있는 길이 놓였습니다

버려야 할 때 버리는 것이
안아야 할 때 안는 것보다
더욱 힘들다는 그 길이
새끼 앞에 먼 숲이 되어 있습니다
탯줄을 끊어 자궁 밖 세상으로 내놓던
걸음마를 배울 때 잡은 손을 놓아주던
차가운 사랑이
먼 숲을 울창하게 만듭니다

중학교를 졸업하던 해, 안타까워하고 미안해하는 어머니를 고향에 두고 서울로 왔다. "괜찮다" "걱정하지 마시라" 하면서 고향을 떠나왔다. 돈을 벌어 어머니의 약값을 대어드리고 기쁘게 해드리고 싶었다.

그러나 어린 자식이 학업을 포기하고 돈 벌러 간다는 사실이 아픈 어머니를 더 아프게 했을 것이다. 어머니에게 기쁨을 드리고 싶었지만, "나는 평생 어머니를 아프게 했다"는 것을 고백한다.

서울로 돈 벌러 온 나는 힘들 때, 괴로울 때, 즐거울 때, 그 어느 때도 어머니를 떠올리지 않을 때가 없었다. 병마와 힘들게 싸우면서도 가족들을 위해 늘 수고하고 헌신하는 어머니를 한시도 잊은 적이 없다.

처음 서울 땅을 밟고 세종로 정부종합청사 구내식당에서 일할 당시 내겐 잘 곳마저 없었다. 잘 곳이 없는 나는 청사에 남아 숨어서 자곤 했다. 때로는 순찰하는 사람들의 눈을 피하기 위해 청사 안 냉동고와 가마솥에 들어가 숨어 있기도 했다. 이때 나는 어머니의 모습을 떠올리며 잘 곳마저 없는 서러움을 참아냈다.

열악한 공장에서 분진과 매연과 악취를 벗 삼아 밤새워 일할 때도 어머니는 나의 가슴에 있었다. 청계천 고서점을 배회하며 문학 서적을 탐독할 때도, 그리하다 러시아의 푸시킨과 그리스의 니코스 카잔차키스 등에게 매료될 때도 어머니는 내 가슴에 있었다.

어머니를 더욱 가슴 아프게 해드린 순간이지만, 내가 범법자가 되어 교도소에 수감되어 있었을 때도 그랬다. 어머니의 모습을 그리며 더 이상 범법자가 되지 않겠다고 다짐하고 다짐했다.

가장 여리게 생각되는 어머니는 가장 강한 존재로 언제나 나를 압도했다. 아버지가 더 이상 광부로 일할 수 없어 우리 가족 모두가 서울로 이사와 방 한 칸 셋방살이를 할 때도 어머니는 아주 강한 면모를 보여주었다.

1970년대 중반, 당시 우리 가족이 문간방을 세 얻어 살던 강동구 길동은 서울의 변두리 동네였다. 여름 장마철에는 장화가 없으면 못 다닐 정도로 정리가 안 된 곳이었다. 이곳에서 어머니는 몸 상태가 좋은 날이면 어김없이 청량리 경동시장으로 나가 도매상에서 도라지 등을 떼어다가 다듬어 파는 행상일을 하며 가족의 생계에 보탬이 되려고 했다.

아무것도 없어서 줄 것이 없어 보이는 어머니! 그러나 그 어머니는 무엇이든 내가 달라고 하지 않아도 언제나 내어줄 수 있는 무한한 것을 지니고 있었으며, 그것들을 나에게 한없이 베풀고 있었다.

객지를 떠돌며 떨어져 살았지만, 그 무언의 헌신적인 관심과 사랑으로 나는 성장하여 결혼하고 아이들을 낳고 가정을 이루었다.

빈들

터엉
비어 있었다.

내 눈에
보이는 것이 하나 없었고
내 귀에
들려오는 소리 하나 없었다.

그저
사랑 많은 어머니의 마음처럼
고요하였다.

마치
아무것도 지닌 것이 없어
나에게 줄 것이 없는 듯이

왜 이리
자꾸만 눈물이 쏟아지려 하나.

말없는 빈들이여
오 나의 늙으신 어머니여!

세월이 흘렀다. 어머니와 아버지는 늙고, 나는 어머니와 아버지를 모시고 살게 되었다. 집사람의 고운 마음이 있었기에 가능한 일이었다. 집사람이 "맏아들이 있는데 우리가 왜?" 이런 식으로 따졌다면 어찌했을까?

어머니의 속앓이 병은 서울로 이사 와서 살게 된 이후로 많이 나아졌다. 현대 의술의 혜택을 자주 볼 수 있었기에 가능했을 것이다. 건강이 다소 좋아진 어머니는 아버지를 극진히 대했다.

특히 아버지가 위암으로 돌아가시기 전, 투병하던 아버지 곁에서 한시도 떠나지 않고 돌보셨다. 병원에 입원해 있게 되면 병원에서, 퇴원하여 집에 있게 되면 집에서 온갖 수발을 다 했다. 만져주고 쓰다듬어주고 주물러주고 정성을 다했다. 어쩌다 자식들이 할 테니 잠시 쉬라 권해도 손수 해야 한다며 고집을 꺾지 않았다. 그렇게 3년이란 세월이 흘러가고 아버지는 삶을 마감하셨다.

아버지가 돌아가신 후 어머니는 새로운 병을 앓기 시작했다. 노쇠한 데다 3년 동안 병든 아버지를 수발하느라 수면이 불규칙했던 어머니는 불면증에 시달리게 되었다. 남편을 보낸 허전함과 외로움에서 비롯된 치매도 왔다.

"아범아! 오늘은 언제 와? 빨리 와! 나 지금 집에 안 들어가고 아범 올 때까지 아파트 경비실 앞에 있을 거야. 그러니 빨리 와!"

"아니, 왜요? 추운데 집으로 들어가세요."

"혼자 있기가 무서워서……."

"집이 왜 무서워요? 텔레비전 보고 계세요. 집사람 조금 있으면 퇴근해서 갈 거예요. 저도 빨리 갈 테니 들어가세요. 알았죠?"

나와 집사람, 아이들이 일터로 혹은 학교로 나간 후 집에 홀로 남게 된 어머니는 계절과 시간에 관계없이 해 질 무렵이면 나에게 전화로 "빨리 오라"고 보채셨다. 당시엔 외로움에서 오는 치매 초기 증상인 줄 몰랐다. 병이 아주 많이 진행되고 나서야 전문의로부터 이 사실을 알게 됐다.

큰아이의 결혼식에서 큰 손자며느리의 폐백을 받고 기뻐했던 어머니는 그 이후 며칠 후에 뇌경색으로 쓰러졌다. 치매가 깊어진 데다가 뇌경색이 온 관계로 거동할 수 없는 어머니를 집에서 수발하기란 불가능했다. 필요한 의료 장비까지 구입해 수발을 시작했으나, 나와 집사람은 몇 개월을 버티지 못하고 전문 병원으로 모실 수밖에 없었다. 어머니에게서 잠시도 눈을 떼어서는 안 되는 상황이었다. 모든 일을 전폐하고 어머니만 지켜볼 수가 없었다.

처음에는 강화에 있는 요양원에 모셨다. 이후 시설이 잘 되어 있고 전문성이 뛰어나다는 충남 금산에 있는 병원에 모셨다. 그러나 먼 길 때문에 자주 찾아뵙지 못하는 것이 마음 걸려 집에서 그리 멀지 않은 부평에 있는 전문병원으로 모셨다.

봄날이 눈부셔 눈물 납니다

화창해서 눈이 부신 봄날
쉰네 살 아들 엄마 뵈러 갑니다

먹고살기 바쁘다
돈 벌어야 한다

수발들어드리지 못하고 입원시킨

치매 걸린 엄마 뵈러 갑니다

뵈러 가는 길 산허리 돌아 굽이굽이
연분홍 아기 진달래 피었습니다

엄마가 좋아하는 할미꽃도 피었습니다
자식을 업어주는 모습으로 피었습니다

어머니는 병원 침대에 양손이 묶인 채 누워 5년을 살았다. 살았
다기보다는 5년이란 세월을 버티어냈다는 표현이 옳을 것이다. 간
병인이 눈을 떼면 그 잠깐 사이에 침대에서 떨어지거나 물건에 부
딪혀 큰 문제가 생기기 때문에 취한 조치였다.

그럼에도 목욕이나 식사를 위해 손을 풀어놓은 그 잠시 사이에
침대에서 떨어지거나 넘어져 몇 차례의 크고 작은 골절을 당하는
사고가 있었다. 극심한 치매로 인해 본인이 거동 불편자라는 사실
을 전혀 인지하지 못해 버둥거리다가 일어나는 사고였다.

양 손이 묶여 사는 모습을 보며 '저리 사는 것이 무슨 의미가 있
을까!' 싶어 안타까움에 슬퍼하다가도 어머니가 이 세상에 존재한
다는 것이 참으로 감사했다.

"어머니! 내가 누구죠?"

"둘째 아들 세훈이지!"

다른 자식들과 식구들은 잘 알아보지 못해도 유독 둘째 아들 나
만은 이름도 잊어버리지 않고 잘 알아보았다. 그러고는 간병인에게
"우리 아들 시인이유"라고 소개까지 했다. 시인! 뇌경색과 극심한

치매를 앓고 있는 어머니가 나를 '시인'으로 기억하고 있다니. 더구나 그 '시인'을 그 무슨 대단한 존재로 생각하고 자랑삼아 소개까지 하다니. 무어라 형용할 수 없는 비애감에 나는 많이 부끄러웠다.

"집에 가고 싶다. 나 좀 집으로 데려가줘!"

그 애절함이 너무 절절하여 외면하지 못하고 집으로 모셔오기도 했지만, 그 소원을 자주 들어드리지 못했다. 집으로 왔다가 다시 병원으로 가면, 병원 생활에 다시 적응하기가 어렵다는 이유로 병원 측에서도 원치 않았다.

돌아가시기 며칠 전 어머니는 "가슴이 몹시 아프다"고 하셨다. 평생을 앓아온 속앓이 병이 도진 것이다.

85세 되던 해 2011년 음력 1월 28일 오전 11시 3분경 어머니가 돌아가셨다. 인천시 부평구 청천동 소재 부평성심병원에서다. 중환자실에서 어머니를 임종했다. 오전 9시 30분경 주치의가 "빠르면 몇 시간 안에 돌아가실 거"라 했다. 출근한 가족들과 형제들에게 이 사실을 알렸다. 침대 위 어머니의 야윈 등 밑으로 한쪽 팔을 밀어 넣어 끌어안고 용서를 빌었다.

"엄마! 사랑해요! 이 아들이 많이 미안해! 용서해주세요!"

더 이상 무어라 해드릴 말이 있겠는가. 반복해서 이 말씀만 드릴 수밖에 없었다. 하염없는 눈물이 나왔다. 눈물은 미안한 내 마음이 되어 어머니의 귓속을 파고들었다.

1시간 30분이란 시간이 흘러갔다. 다른 기능은 모두 다 닫혔어도 마지막까지 열려 있는 것은 귀인가 보다. 용서를 구하는 내 말이 들렸는지 어머니는 감긴 두 눈가로 눈물을 가늘게 흘리셨다. 잠시

후, 가쁘게 쉬던 숨을 두세 번 천천히 길게 몰아쉬었다. 그리고 내
곁을 영원히 떠나셨다. 85세의 생을 마감한 것이다. 나는, 살아가야
할 목적을 잃어버렸다.

오래된 생각

좋은 결과를 보기 희박하다는
수술 받을 날을 잡아놓고
주변 정리를 하는 맘으로
병원 침상에 묶인 채로
치매와 뇌경색을 앓고 계신
어머니를 뵈러 간 자리

함께 간 며느리를 보고
아줌마는 누구냐고 묻는 어머니
함께 간 손자를 보고
총각은 누구냐고 묻는 어머니
내가 누구냐고 묻는 나에게
제 자식도 몰라보는 어미가
이 세상에 어디 있느냐는 듯
"둘째아들 세훈이지" 또렷이 대답하신다
덧붙여서 간병인에게
"우리아들 시인이유"라고 소개까지 한다

시인!

뇌경색과 극심한 치매를
앓고 있는 어머니가
나를 시인으로 기억하고 있다니
시인을 그 무슨 대단한 존재로 생각하고
자랑삼아 소개까지 하다니

빨리 돌아가셔야 하는데
돌아가신 후 내가 죽어야 하는데
임종을 지켜드린 후 죽어야 하는데
내가 먼저 죽으면 어쩌나
나 먼저 죽어 찾아뵙지 못하면
왜 이리 안 오느냐고
무척 기다리실 텐데
오래된 생각이었는데,

안전망과 허허벌판

    2006년, 회생 가망성이 희박하다는 수술 후 재생되어 생사를 오가는 큰 고비를 넘겼지만 이후 5년여간 대외 활동을 자제했다. 무리하면 몸에 안 좋다는 주치의의 의견과 처방에 따른 것이다.

    투병 생활하며 지켜본 노동판은 점점 더 열악해져갔다. 노동법은 언제나 존재했지만 노동판과는 언제나 멀리 떨어져 있었다. 최저임금제가 생겨났지만 노동판을 죽이고 자본만을 살찌우고 있었다. 비정규직을 만들어 노동판을 더욱 가난하게 만들었다.

    노동의 피와 땀을 착취하여 부를 누린 자본은 정리 해고라는 칼을 들이대었다. 일방적으로 공장 문을 닫기도 했다. 이 땅의 피땀 값이 비싸다며 후진국으로 더 싼 피땀 값을 착취하러 갔다. 어찌 이럴 수가 있느냐고 항의하고 따지는 노동자들을 든든한 비호 세력 이명박, 박근혜 정권과 함께 종북 세력 빨갱이로 매도했다.

    노동 현장에선 연일 사측의 불법 부당 노동 행위로 하루아침에

해고를 당해 거리로 나앉은 해고 노동자들의 피 터지는 복직 투쟁
이 전개되고 있었으나, 나는 강 건너 불구경하듯 연대하지 못했다.

2010년 12월 15일, 한진중공업 측이 경영 악화를 이유로 생산직
근로자 400명을 정리해고하며 촉발된 한진중공업 사태 해결을 위
한 연대 '희망버스'에도 승차하지 못했다. 기륭전자 사태 현장에도
연대하지 못했다.

한진중공업 사태 당시 나는 어느 목사와 짧은 논쟁을 벌였다. 목
사는 희망버스에 대해 질서를 어지럽히는 짓이라 하고, 고공 크레
인에 오른 김진숙을 선량한 이들을 선동하는 빨갱이라 하였으며,
희망버스와 김진숙에 동의하는 나 역시 빨갱이나 다름없다 했다.

이에 나는 희망버스에 대해 공생을 위한 것이라 하고, 김진숙을
동지와 이웃을 위해 자신을 희생하는 투사라 했고, 희망버스와 김
진숙을 비난하는 목사를 극단 보수주의나 다름없다 했다.

2011년 겨울, 드디어 현장 연대 활동을 재개했다. 무려 13년 만
이다. 1998년 IMF 여파로 대우자동차 부평공장의 현장 노동자가
대거 구조 조정 정리 해고되는 사태가 일어났다. 이들을 돕기 위한
바자회에 참석한 것이 투병 생활 전 마지막 연대 활동이었다. 공교
롭게도 재개한 현장 역시 대우자동차였다. 노동자들은 부평공장 정
문 앞에서 해고 노동자 복직을 위한 고공 투쟁을 하고 있었다.

IMF 시절, 구조 조정 해고를 당해 삶의 터전에서 내몰리는 노동
자들이 마치 대우자동차 후문 쪽 담을 따라 주절이 매달린 넝쿨장
미꽃 같아서 졸시 「급소」와 「향기」를 지었다. 이 시들은 투쟁 현장에

서 자주 부르고 있는 〈향기를 주마〉의 노랫말이 되었다. 현장 노동
가수 김성만 씨가 작곡했다.

10여 년 세월이 훌쩍 넘어갔다. 회사 이름도 대우자동차에서
GM대우로 달라졌다. 회생 불가능하게 생각되던 연대 현장에서 다
시 시 낭송하는 것은 꿈에도 생각하지 못했던 내 건강도 좋아졌다.
그런데도 대우자동차 노동자들의 처지는 전혀 달라지지 않았다.

이러한 상황에서 연대 시를 낭송하자니 자꾸 눈물이 나왔다. 낭
송하며 시가 울 듯 울었다. 10여 년이 훌쩍 지나 달라지지 않은 해
고노동자 원직 복직을 위해 연대 시를 낭송하자니 눈물이 나서 제
대로 낭송할 수 없었다.

이를 시작으로 다시 해고당한 노동자들의 복직과 비정규직 노동
자들의 정규직화 투쟁 현장에서 연대 활동을 하고 있다. 30명의 희
생자를 낸 쌍용자동차 대한문 투쟁장, 재능 혜화동 투쟁장, 에스케
이텔레콤, 기아자동차, 하이디스, 엘지유플러스, 삼성전자서비스,
충남 천안 유성기업, 국민건강보험공단, 세종호텔, 콜트콜텍, 목동
파인텍 등등 투쟁 현장에서 함께했다.

유성기업 노조 홍종인 지부장이 2012년 10월 30일부터 151일
동안 충남 천안의 유성기업 앞 굴다리 난간 위에서 야간 노동 폐지
노사 합의안을 지킬 것과 노조 파괴 공작을 중지할 것을 사측에 요
구하며 고공 투쟁을 했다. 그는 여차하면 뛰어내려 목을 매겠다며
목에 밧줄을 걸고 투쟁을 했다.

그 투쟁 현장으로 연대하러 갔다가 죽음의 외줄을 타듯, 다리 난

간 고공에서 곡예 투쟁하는 모습을 보고, 나의 시가 노동자들이 고공에서 떨어져도 무사할 수 있는 든든한 안전망이 될 수 없다는 사실이 안타까웠다.

2007년 4월 12일 단행된 부당 해고에 맞서 노동자들이 투쟁해온 부평 콜트콜텍 공장. 기업주는 법원의 부당 해고 판결에 위장 폐업했다. 노동자들은 2013년 2월 용역들에 의해 점거 농성을 벌여왔던 공장 건물 안에서 쫓겨났으며 공장 건물은 철거됐다.

수십 년간 기타를 만들어온 공장은, 수년간 복직 투쟁을 해온 공장은 단 며칠 사이에 흔적 없이 철거되어 허허벌판이 되었다. 투쟁할 곳조차 잃어버린 노동자들은, 투쟁할 대상조차 잃어버린 노동자들은 공장이 철거된 허허벌판 맞은편 보도블록 위에 허허롭기 그지없는 텐트를 쳤다. 그리고 그곳에서 반드시 공장으로 돌아가 공장을 다시 돌려야 한다며 목젖 같은 시를 낭송하고 기타를 치고 노래를 불렀다.

2019년 2월 현재 13년간 복직 투쟁을 해온 콜텍 노동자들은 서울 강서구 등촌동 콜텍 본사 앞에 텐트를 치고 투쟁을 벌이고 있다. 콜트의 방종운 전 지회장은 서울 대법원 앞에 농성 천막을 치고 복직 투쟁을 하고 있다.

부평의 콜트 공장 건물이 철거되기 전, 나는 노동자들이 갈수록 설 자리가 없어지는 노동 현실을 담은 졸시집 『부평 4공단 여공』을 출간, 공장건물 안 투쟁장에서 콜트콜텍 해고 노동자들을 돕기 위한 기금 마련 출판 행사를 갖고 작지만 기금을 전달했다.

사측의 2,600여 명에 달하는 대량 해고에 맞서 시작된 쌍용차 노동자들의 복직 투쟁은 10여 년 동안 30명의 노동자와 가족들이 희생되었다. 말 붙일 곳조차 없는 해고 노동자들은 대한문 광장에 농성 텐트를 치고 세상에 호소했지만 번번이 자본과 권력에 묵살되곤 했다.

겨울비가 내리던 날, 희생된 영정들을 모신 비닐 천막마저 철거 당하고, 광장의 빗물은 생목숨 끊은 쌍용자동차 정리 해고 노동자와 가족의 한 많은 영혼들을 하수구로 쓸어가버리고 있었다.

종탑 위의 둥지

혜화동 '재능'* 본사 건너편
혜화성당 아득한 종탑
비둘기나 틀 법한 종탑 위에
사람들이 둥지를 틀었다
본래의 둥지에서 쫓겨난 비둘기처럼
일터에서 버림받은 비정규직

믿음 소망 사랑이
충만한 성당에,
성당을 찾아 예배를 드리지만
믿음을 위해 목숨을 내놓으면
영원히 죽지 않는다는 말씀
믿지 못하는 이들로 가득하듯

더불어 살아가는 것이야말로

서로가 믿는 것이고
서로가 소망하는 것이고
서로가 사랑하는 것이어서
우리가 추구해야 하는 삶이라고
반드시 이루어야 하는 삶이라고
단언하지만,
종탑에 아득한 둥지를 틀어야 하는 삶
보듬지 못하는 이들로 가득한 날

날개 없는 생
종은 있으나 울리지 않는
성당 종탑 위에
한없는 추락의 둥지를 틀었다

* 단체협약 체결, 해고자 원직 복직을 내걸고 투쟁을 해오고 있는 전국학습
지산업노조 재능지부 오수영, 여민희 씨가 지난 2013년 2월 6일 서울 혜화
동 성당 종탑 위에서 농성을 시작했다. 40미터 높이의 종탑 옥상은 벽돌 한
두 장 높이의 난간이 전부여서 앉아 기댈 곳도 없다.

그와의 인연을 결코 가볍게 할 수 없다

　　　　　　　　　　　고맙고, 감사하고, 또, 고맙고, 감사
하다!

　고(故) 박영근 시인 시비 건립 추진에 깊은 관심을 갖고 물심양면
으로 후원해준 한국작가회의 어른들을 비롯해 선배와 후배, 모든
회원들께 감사를 드린다. 덕분에 시비 건립이 순조롭게 진행되었
다. 2013년 5월로 잡았던 건립 시기를 2012년 9월 1일로 앞당겨 건
립할 수 있었다. 시비가 건립된 인천시 부평구 센트리 공원은 박영
근 시인이 부평구에서 마지막으로 살았던 집 인근에 있다. 박 시인
이 즐겨 찾던 공원이기도 하다.

　고(故) 박영근 시인의 시비 건립 추진은 인천시 부평구청 측의 제
안으로 시작되었다. 부평구는 박 시인이 타계하기 전 20여 년 동안
살았던 지자체다. 당시 홍미영 구청장이 노동을 사랑하고 민중을
사랑한 박 시인의 숭고한 정신을 기리고 싶은 생각에서 유족에게
부지 제공 의사를 전달해 왔던 것이다.

2011년 연말, 고(故) 박영근 시인의 유족인 성효숙 화가로부터 시비건립위원장을 맡아달라는 부탁을 받았다. 과분한 부탁이었다. 나보다 훌륭하게 이 일을 잘 감당할 수 있는 분들이 많을 것이라는 판단에서 정중히 거절했다. 덕망을 많이 쌓은 분이 맡는 것이 내가 맡는 것보다 기금 모금에서부터 건립에 이르기까지 모든 절차가 훨씬 더 매끄럽게 진행될 것이라는 확신에서였다. 그러나 유족은 부탁을 거두지 않았다. 부족한 면이 많지만, 유족의 부탁에 따르기로 했다.

유족의 부탁에 따르기로 한 것은 계속된 부탁을 거절할 수가 없었기 때문이 아니었다. 박 시인과의 인연 때문이었다. 박 시인과 인연 맺은 문인이 한둘이겠는가마는, 나는 그와의 인연을 결코 가볍게 할 수 없다.

서울 용강동에 있던 '창비'에 갔다가 박 시인을 처음 만났다. 그는 내가 살고 있었던 인천시 부평구 청천동과 가까운 거리에 있는 산곡동에서 살고 있었다.

처음 만난 자리에서 그는 나를 '형'이라고 부르며 어린 시절부터 알고 지내온 고향의 이웃집 형을 대하듯 했다. 세 살 위인 나를 대하는 그러한 그의 태도는 이후 단 한 번도 변한 적이 없다. 나보다 나이가 많은 선배들에게 때로 무례하게 돌출적 행동을 하는 것을 보았지만, 나에 대한 반듯한 행동은 언제나 변함이 없었다.

공장에서 맞교대 야간 노동을 하고 나온 나에게 낮술을 청한 적도 꽤 많다. 그럴 때면 다시 야간 노동을 나가야 하는 나에게 미안한 마음을 갖기도 했다. 그 미안한 마음을 만회하려 했는지 고맙게

도 그가 내 시집 『저 별을 버리지 말아야지』를 세상에 나오게 하는
역할을 했다. 그가 도서출판 '하늘 땅'에서 기획과 편집, 출판 일을
맡아보던 때다.

노동 민중 미술을 하는 그의 배우자를 포함하여 인천 지역의 예
술인 네댓 명이 그의 단칸방에 모여 밤새도록 토론하고 점검하던
것이 한두 번이 아니다. 꽤 오랜 시일이 지났지만 엊그제 일만 같
다. 그를 비롯한 선후배들과 한국작가회의 인천지회도 발족했다.

인천지회를 발족했던 1998년 겨울, 그 무렵부터 내 건강이 악화
되었다. 분진 등 환경이 열악한 공장에서 얻은 병이 고질병이 되었
다. 2003년에 부평에서 김포로 이사 왔다. 당시 "현재 의술로는 치
료가 어려우니 공기가 좋은 곳에서 버티어보라"는 의사의 의견에
따른 것이다. 의사는 "다행히 몸이 잘 버티어주고 그사이에 의술이
더 좋아지면 희망도 있을 것"이라고 덧붙였다.

박 시인은 "25년간 살아온 부평을 떠나 어찌하여 갑자기 김포로
가느냐"고 따졌지만, 내 사정을 말해주어선 안 된다고 생각했다. 김
포로 와서 투병에만 전념했다. 좋아진 의술과 생사를 넘나드는 큰
수술을 한 덕에 2011년 초부터, 투병에 전념하느라 장기간 못했던
이런저런 활동을 재개할 수 있게 되었다.

2006년 5월 11일 저녁 박 시인이 타계했고, 나는 그 소식을 들었
지만 안타깝게도 문상 등 모든 장례 절차에 참석하지 못했다. 타계
하기 며칠 전 혼수상태의 박 시인을 병원 중환자실에서 보고 온 것
을 위안으로 삼았다. 타계 소식을 병상에서 들었으며, 그다음 날 오
전에 감당하기 어려운 험악한 수술을 받았기 때문이다.

장례에 참석하지 못한 안타까움과 미안함은 내 가슴에 내가 박 시인에게 영원히 갚지 못할 부채로 남았다. 그 부채를 조금이나마 갚는다는 마음으로 시비건립위원장을 맡아 일을 보았다.

오월 흰 구름

서울 변두리 김포시
종합병원 7층 흉부외과 병동 침상에 누워
창틀에 반쯤 걸린 오월 흰 구름을 본다
정착하지 못하고 떠도는 자의 혼백인가
그렇다면 저 혼백은 누구의 것인가
오월 구름치고는 색깔이 너무 희고 선명하다
부질없는 시(詩)였던가 연초에
「나는 죽어 저 하늘에 뿌려지지 말아라」를 지었다
오전에 박영근 시인의 타계 소식이 내게 왔다
하필이면 이런 상황에서란 말인가
가야지 가야 한다 마음은
그의 영전으로 달려가고 있지만
병상에 누인 몸은 이미 내 몸이 아닌 듯
그저 창틀에 걸린 오월 흰 구름만 바라본다
부평을 떠나 김포에서
잘 살고 있으리라 여기고 있을 인연에게
여전히 내 소식을 거짓으로 전한다
일 땜에 해외에 왔는데
그리하여 부득이 영전에 가지 못하니

유족에게 내 조의를 전해달라고

특별한 변수가 없는 한
나의 수술을 맡은 흉부외과 의사는
예정대로 내일 아침 9시 30분에
내 몸을 수술대에 올려놓고
가슴을 열어 병든 폐를 수술하겠지
긍정적보다 부정적이 압도적이라는
그 험하고 막막한 수술을 하겠지
놀랍다 나에게 이토록 미련이 있었던가
어이해 이 상황에서 어저께 일인 듯
박영근 시인과 나누었던 말이 떠오르는가

김포로 요양 삼아 떠나오기 전
파릇파릇한 오월이었다
야간 일을 나가야 하는 나를 놓아주지 않고
낮술부터 하자 하던 그가
이제 술보다는 밥이 함께 먹고 싶어졌다며
들어선 부평 진선미예식장 골목 설렁탕집

그날 우린 뜬금없는 말을 주고 받았다
"형은 오래 살 거 같아"
"나 보다는 자네가 더 오래오래 살 거 같은데……"

한 시절 흘러가듯 영근이는 가고,
나는 수술을 기다리고

수면무호흡증

2014년 9월 20일 시인 고(故) 김남주 형의 20주기를 맞아 해남에서 가진 추모 행사에 참석했다. 해남문화예술회관에서 행사를 마친 후 1박을 하고 다음 날 시인의 생가를 방문해 시인을 기억하는 시간을 가졌다.

"정 형, 난 지난밤 잠을 제대로 못 잤어요. 처음 잠깐 자고 이후 못 잤어요. 정 형의 코 고는 소리에 깬 이후로요."

"아! 미안합니다. 제가 코를 곤다는 말은 들었는데 그 정도로 심했어요?"

"코 고는 소리도 엄청납니다. 그런데 그보다 갑자기 숨을 안 쉬던데요. 안 쉬고, 숨이 멈춰 있는 시간이 너무 길어요. 정 형의 숨이 멈춰 있는 동안 나도 따라서 함께 숨을 멈춰보았는데 참기 힘들었어요. 무호흡이 너무 길어 저러다 숨넘어가는 거 아닐까 잘못될까봐 흔들어 깨우기도 했어요. 빨리 병원 가서 진료받아보세요."

이후로도 이런저런 행사에서 함께 투숙한 일행들로부터 무호흡증이 너무 심하다며 당장 병원에 가보라는 걱정스런 말을 들었다. 오래전부터 들어온 말이었지만 세월이 흘러온 만큼 이제 그 증상이 굉장히 심해졌는가 보다.

의사의 말에 의하면 수면무호흡증에는 세 가지 유형이 있다. 그 중 폐쇄성 수면무호흡증은 가장 흔한 형태로, 기도 윗부분 조직의 문제로 생긴다. 다른 하나는 중추성 무호흡증이다. 이는 매우 드문 현상으로 호흡 메커니즘을 활성화시키는 중추성 신경 시스템에 문제가 생긴 결과로 알려졌다. 마지막으로 혼합성 무호흡증이 있는데, 이것은 폐쇄성과 중추성 무호흡증의 특성들을 모두 갖고 있다.

폐쇄성 수면무호흡증에서 기도가 갖고 있는 문제는 잠이 깨면서 정상화된다. 깨는 시점에서 기도가 다시 열리고 호흡을 재개하기 때문이다. 이런 상태는 심한 경우 잠자는 동안 1분마다 발생하고, 반복적인 숙면 방해로 이어진다 한다.

문제는 호흡이 반복적으로 중단되면 혈액 내 산소 포화도의 감소로 이어진다는 것이다. 집중력 저하와 단기기억 악화, 과민성 증가의 원인이 되며 허혈성 심장질환, 고혈압, 인슐린 저항 등의 여러 질병을 유발시킬 수 있다.

수면 중 무호흡증 증상이 너무 심하다며 빨리 병원에 가보라는 주변 사람들의 걱정스런 적극적인 권유로 인천에 있는 H치과병원을 찾아갔다.

이 병원에서 개발해 해외 의료기관에까지 보급하고 있다는 '파사'라는 구강 보조물을 처방받기 위해서였다. 환자의 구강 구조에 맞춰 특수 재질로 제작한 '파사'는 마치 틀니처럼 생겼다. 이것을 위와 아래 이빨 위에 씌우고 잠을 자면 코 고는 것은 물론 수면무호흡증이 사라진다는 소문을 듣고 찾아간 것이다.

"무슨 운동을 하고 계세요?"

구강 보조물 '파사'를 제작하기 위해 내 구강구조를 촬영한 영상을 모니터로 진단하던 의사가 고개를 갸웃하며 물었다.

"운동을 하다니요?"

"지금도 고강도의 운동을 많이 하시나 봐요. 기도가 엄청 넓고 건강합니다. 보통 건강한 사람들보다 거의 두 배 정도로요."

"아! 그래요?"

"여기 모니터를 보세요. 이 영상은 환자의 기도고요. 이쪽 것은 보통 사람들 기도 형태입니다. 환자분 기도는 현재 현역으로 뛰고 있는 젊은 농구선수 기도만큼 건강합니다."

의사가 가리키는 모니터 영상을 보니 정말 내 기도가 다른 사람의 것보다 엄청 넓고 건강해 보였다.

중학교 때 학교에서 가끔 전교 학생들을 대상으로 가졌던 단축마라톤에서 항상 1위로 들어올 정도로 장거리 육상을 잘했지만 그것이 영향을 주었다고 생각하기엔 무리다. 선천적으로 타고난 현상일 것이다.

보통 사람들보다 두 배 정도 넓고 건강한 기도가 문제 있는 폐의 기능을 보완해주고 있는 것일까? 그렇다면 참으로 다행이다.

어린 시절부터 공장에서 온몸을 점령한 노독은 내 폐 기능을 약화시켰지만, 신의 전능하심을 감히 초월할 수 없었을 것이다. 특별하게 선천적으로 건강한 기도를 주신 신께 감사 기도드린다.

노독(勞毒)

오늘은 한 달 만에 쉬는 일요일.
아침밥도 거른 채
계속하여 잠만 잤다.
간간이
그만 일어나고도 싶었지만
한 달 내 쌓인 노독은
한 번 깊이 온 잠을 붙들고
한사코 늘어지기만 했다.
조심성 많던 아이들은
전에 없이 자주
들락날락거렸고
마누라는 불 먹은 듯
그러는 아이들에게
도무지
무어라 말이 없다.
나리나리 개나리.
유치원 원아들의
봄 소풍 가는 소리가
창문 너머 먼발치로
잠결 타고 들려도 왔지만
도저히 나는
성큼 일어날 수가 없었다.

이외수 형님과 국어사전

17년 만에 감성마을 소설가 이외수 형님을 다시 뵈었다. 중광스님이 2002년 봄에 타계했으니 2001년 초겨울에 춘천 형님 집에서 뵌 것이 마지막이었다. 그해 초겨울 춘천의 형님 집에서 중광스님과 외수 형님, 그리고 형수님과 술 한잔 나눈 게 어저께 같은데 이리 세월이 흘렀다. 늦은 오후 빗속을 뚫고 화천 감성마을에 도착했다. 새벽까지 작업하고 오후 늦게까지 취침하는 형님의 평소 일상을 잘 알고 있기에 일부러 늦은 오후에 도착했다.

문학관 관계자가 형님은 아직 취침 중이라 했다. 기다리는 시간 동안 문학관을 관람했다. 전시되어 있는 작품들은 과거 춘천의 집에서 보았던 낯익은 작품들도 있었지만 대다수 처음 보는 작품이었다. 형님은 내게 참 소중한 분이다. 1989년 첫 시집『손 하나로 아름다운 당신』을 내고 MBC TV 교양 프로그램 〈세상 사는 이야기〉에 출연했는데 형님께서 그 방송을 보고 감동을 받았다며 연락을 주었다.

이 프로그램에 고정 출연하던 가수 고(故) 이남이 형의 연결로 서로 알게 됐다.

외수 형님은 내게 큰 응원과 격려로 용기를 주신 분이다. 1990년 춘천 형님 집에서 처음 뵈었을 때다.

"자네 국어사전 가지고 있는가?"

"네. 작은 거 하나 가지고 있어요."

"그럼 이거 줄 테니 앞으로 잘 활용하게나. 이 국어사전은 내가 처음 글 쓸 때부터 지금까지 가장 애용해온 것이네."

형님은 집필실 책상 위에 있던 두툼한 국어사전을 내게 주었다.

반들반들하게 손때가 묻은 낡은 사전이었다. 가죽표지 앞면은 물론 옆면의 글씨들이 모두 닳아 보이지 않았다. 겉표지를 넘겨 속표지를 보고서야 1968년 어문각이 펴낸『다목적 종합 국어사전』(김민수·홍웅선 편)이란 것을 알 수 있었다. 표지 글씨가 모두 닳아 없어진 모양을 보니 그동안 얼마나 많이 애용했는지를 짐작할 수 있었다.

"시를 짓다 보면 시행(詩行) 중에 활(活)어와 사(死)어가 있네. 시를 살리는 단어가 있는가 하면 죽이는 단어가 있지. 그 단어 선택을 잘하면 시가 더욱 살아나지. 이 사전을 잘 활용하게나."

형님께서 가장 애용해온 사전이다. 집필 책상 위에 있는 것으로 보아 현재도 그렇게 사용하는 것이리라. 이토록 애지중지하는 것을 내게 주다니, 선뜻 받을 수가 없었다.

"내겐 최근에 구입한 것이 있네. 염려하지 말고 받게나. 앞으로 좋은 시 많이 쓰고."

이후 나는 현재까지 30년 가까운 세월 동안 그때 형님이 뒤표지 안쪽 면 여백에 '아름다운 세월의 아름다운 시를 위해. 정세훈 형께 이외수가'라고 사인해준 그 국어사전을 애용하고 있다.

또한 시를 지으면서 당시 형님으로부터 가르침을 받은 대로 단어 선택에 있어 활어와 사어를 구분해내는 신중함을 기하고 있다.

이러한 인연으로 공장에서 야근하고 가끔 형님이 보고 싶으면 부평에서 춘천까지 먼 길을 마다하지 않고 오갔다.

형님은 내 졸 시집 『끝내 술잔을 비우지 못하였습니다』의 표지 그림 〈홍비 도사〉를 그려주시고 추천의 응원 글까지 써주었다. 문학관에 〈홍비 도사〉 작품이 안 보여 여쭈었더니 수장고에 있단다. 참으로 오랜만에 감성마을 형님 댁에서 하룻밤 묵으며 그동안 쌓인 말을 나누었다.

지난 구정 때 문재인 대통령 내외분께서 선물로 보내준 감자주를 형님과 나누려고 가지고 갔는데 형님의 몸 상태가 안 좋아 대신 차를 마셨다. 차와 술맛이 제아무리 좋다 한들 형님의 세상 사랑하는 마음 맛에 비기랴.

기부를 위한 기금 마련 시화전을 준비하고 있다고 말씀드렸더니 곧바로 시화 한 점을 작업해주었다.

초저녁에 시작한 작업은 자정 가까이 이어졌다. 나무젓가락에 먹을 찍어 한 획 한 획 그려가는 목저체의 그 손맛과 힘이 젊을 때보다 더욱 무르익어 돋보였다.

졸 시집 『몸의 중심』에 실린 졸시 「우리가 이 세상 꽃이 되어도」를 멋지고 훌륭한 시화로 만들어주었다. 참으로 감사하다.

우리가 이 세상 꽃이 되어도

우리가
이 세상 꽃이 되어도

잘난 꽃 되지 말고
못난 꽃 되자

함부로
남의 밥줄
끊어놓지 않는

이 세상의
가장 못난 꽃 되자

아프지 말라

인류는 예술을 먹고 발전해왔다. 음식이 인간에게 육체를 지탱하는 원동력이 되어왔듯 예술은 인간의 영혼을 지탱하는 원동력이 되어왔다. 육체만 있고 영혼이 없는 인간은 짐승과 다름없다. 음식이 육신의 양식이라면 예술은 영혼의 양식이다. 음식은 인류를 지탱하는 역할에 머물렀지만, 예술은 인류를 끊임없이 발전시켜오는 역할을 했다.

예술은 인간이 탐식으로 인해 짐승으로 전락할 때마다 다시 인간으로 되돌려놓았다. 그러하기에 오직 탐식에만 열중하고 욕심을 내며 한낱 짐승이 되고 싶은 인간들은 예술을 타도해야 할 주적으로 간주했던 것이다.

박근혜 정권은 탐식에만 과욕을 부렸다. 영혼 없는 짐승이 되어 탐식에만 열중했다. 예술이 짐승에서 인간으로 돌아오라고 무진 애를 쓰며 손짓을 했지만, 오히려 짐승으로 가는 길을 막는 저항이라며 '블랙리스트'라는 이름으로 검열하고 억압하고 탄압했다.

불의한 권력은 모든 것을 독점하고 싶어 한다. 사회 구성원과 공유해야 할 것들을 독점하는 것을 당연시한다. 세상 모든 것이 권력의 것이라고 착각한다. 이러한 불의한 권력에 저항하는 것은 예술의 본능이다. 사회 구성원 모두의 보다 더 나은 인간다운 삶을 추구하는 것이 예술이기 때문이다.

불의한 권력은 예술을 휘하에 놓고 통치 수단으로 삼으려 한다. 권력에 굴복하여 권력의 통치 수단이 된 예술은 이미 예술이 아니다. 과거 일제를 찬양한 예술들과 군사 독재 권력을 찬양한 예술들은 예술이 아니라 권력의 시녀에 불과했던 것이다.

대한민국의 권력은 건국 이후 보수 세력 친일 권력이 독점해왔다. 잠시 '국민의 정부'와 '참여정부'가 권력을 갖기도 했지만 친일 권력이 곳곳에 심어놓은 친일 세력을 극복하지 못했다. 이명박 정권으로 권력을 다시 잡은 친일 세력은 박근혜 정권으로 이어오며 그 권력을 계속 이어가기 위한 수단으로 불의한 통치 수단인 적폐 독재를 선택했다.

박근혜 적폐 독재 권력이 최우선으로 한 것은 '문화 융성'이란 말로 흉계를 꾸며 민중의 입을 막고 귀를 막는 것이었다. 아울러 최선봉에 서서 민중의 입과 귀가 되어온 예술을 통제하는 것이었다. 이미 통치 수단이 된 일부 예술들을 허수아비로 만들어 철저하게 권력 유지 수단으로 삼는 반면에 통치 수단이 되길 거부하는 또 다른 예술들을 철저하게 억압하는 짓을 서슴없이 저질렀다.

박근혜 적폐 독재 권력이 예술에 저지른 그 검열과 억압과 탄압은 집요했고 교묘했으며 악랄했고 졸렬했다. 치사하고 염치없고 뻔

뻔하고 비굴하기까지 했다. 특검 수사에서 밝혀진 바와 같이 정책적이었으며 제도적이었으며 조직적으로 이행되었다. 그 결과 건국 이후 최고 권력인 대통령과 그리고 그 대통령과 사적 친분이 있는 민간인 최순실이 공모해 저지른 초유의 국정 농단 사태를 낳았다. 아울러 국정 농단 사태의 중심인 블랙리스트 사태를 저질렀다.

블랙리스트 사태는 특정 예술가들이 정부로부터 창작 활동을 위한 지원금을 받느냐 못 받느냐의 문제보다 더 큰 문제를 야기하고 있다. 여러 장르의 다양한 담론을 담아낸 예술 작품을 향유해야 할 민중의 권리를 권력이 차단하고 방해했다는 것이 핵심이다. 블랙리스트 사태의 최대 피해자는 예술인이 아니라 예술 향유권을 박탈당한 민중이다.

역사를 돌아보면 모든 예술 활동은 늘 기존의 정치 권력보다 앞서는 이야기를 해왔고, 방향성을 제시하며 권력과 불편한 관계를 이어왔다. 그것이 예술의 속성이다. 박근혜 권력이 권력의 입맛대로 민중이 즐겨야 할 예술 작품을 취사 선택했다는 것은 과거 봉건 왕조 시대에서조차 없던 일로 민중을 '세뇌'하려 한 무모한 짓이었다. 어떠한 권력도 민중의 문화 향유권을 뺏으려는 시도는 결코 성공할 수 없다.

2016년 10월 18일 오전, 광화문광장 이순신 장군 동상 앞에서 문화예술인들과 함께 '박근혜 정권의 문화예술인 블랙리스트' 의혹 진상 규명과 관련 책임자 처벌을 요구하는 첫 기자회견을 했다. 이어 2016년 11월 4일 오전, 광화문광장에서 다수의 문화예술인과 함

께 적폐 '박근혜 정권 퇴진 탄핵을 위한 문화예술인 시국선언' 기자
회견을 열고 토요 촛불시위를 위한 캠핑촌 텐트를 설치했다. 이후
2017년 9월 26일 오전, 서울 광화문광장에서 '이명박 정권의 문화
예술계 블랙리스트 사태 대응을 위한 기자회견'을 열고 상응한 사
법 처리를 촉구하기까지 촛불혁명에 동참했다.

이 과정에서 예기치 않게 한국민예총 이사장 권한대행을 맡게
되었고 이명박·박근혜 정권의 적폐 환경에서 고군분투해온 사무
총장의 열악한 삶을 알게 되었다. 단체를 위해 희생하며 헌신 봉사
하고 있는 그에게 미안했다. 그 미안함을 조금이라도 갚아야 한다
는 의무감이 생겼다. 그리하여 그를 돕기 위한 기금 마련 시화전을
준비하게 되었다.

기금 마련이란 목적이 없었다면, 그간 이룬 시업을 감안할 때 내
게 시화전은 가당치 않으며 합당치도 않다. 이러한 내 시화전에 화
가, 판화가, 전각가, 서예가, 사진작가 등 52명의 시각예술가 벗님,
선생님들께서 동지애로 흔쾌히 동참, 졸시 53편을 멋지고 아름답고
훌륭한 56편의 시화로 작업해주었다.

53편의 시는 지난 30년 동안 묶어낸 시집들의 시 중에서 골랐다.
병들고 낮고 어둡고 힘없고 소외되고 가난하고 핍박받고 절망에 처
하여 핍진한 삶을 살아가는 노동자 민중을 담은 시편들 중에서 시
화에 어울릴 만한 시들을 선택한 것이다. 따라서 시화전의 주제를
'아프지 말라'고 정했다.

이 시화들로 시화집 『우리가 이 세상 꽃이 되어도』를 펴내기도

했다. 여기엔 소규모 공장에서 노동하며 틈틈이 포장지 파지 위에, 혹은 야근 후 단칸방에 엎드려 원고지에 꾹꾹 눌러 새긴 초기 시편들이 마모되어 폐기 처분당한 기계처럼, 해고당해 스러진 노동(자)처럼 누워 있다. 또한 엄혹한 투병기에 외로이 홀로 남모르게 가슴에 새긴 시편들이 직업병처럼 자리 잡고 있다. 아울러 재생된 몸으로 해고 노동자 복직 투쟁 현장과 광화문 촛불혁명 현장 등에서 노동자 민중과 연대하며 몸에 새긴 시편들이 동구 밖 이름 없는 돌멩이처럼 박혀 있다.

시화전은 2018년 10월 4일부터 18일까지 인사동 고은갤러리, 10월 19일부터 26일까지 고향 충남 홍성의 홍주문화회관 전시실, 11월 2일부터 11월 15일까지 인천민예총 문화 공간 해시에서 가졌다. 또한 11월 19일부터 2019년 2월 17일까지 3개월 동안 부평역사박물관에서 56점 중 노동자와 관련된 시화 26점을 기획 전시했다.

시화전을 처음 기획했을 당시에는 준비 단계부터 전시, 판매, 마무리까지 한국민예총 차원에서 하려 했다. 그러나 지도부와 집행부가 바뀌면서 우여곡절 끝에 내 개인적 일이 되었다. 다수의 회원들이 마음을 모아 하려던 것을 나 혼자 독자적으로 하려니 앞일이 막막했다. 그만둘까도 생각했으나 이미 주변과 SNS 등에 공표한 입장이라 공신의 차원에서 접을 수가 없었다. 그 무엇보다 내가 나를 믿는, 그러한 나와의 싸움에서 지기 싫었다.

시화전은 예상대로 극심한 판매 부진으로 기금을 모으기는커녕 적자를 보는 결과를 낳았다. 또 하나의 실패다. 그러나 금전적 적자를 보고 일의 결과에 있어 실패가 되었지만, 과정에서 많은 분들로부터 과분한 지지와 사랑을 받았다. 고맙고 감사하다. 최선을 다했으니 괜찮다. 세상이 좀 더 인간답고 아름다워지려면 노동자 민중이 아프지 말아야 한다. 과거에 아팠던 그들은 현재도 아프다. 그리고 미래에도 여전히 아플 것이다. 그들이 아파하는 한 어쭙잖은 내 시 쓰기는 계속될 것이다.

몸의 중심

몸의 중심으로
마음이 간다
아프지 말라고
어루만진다

몸의 중심은
생각하는 뇌가 아니다
숨 쉬는 폐가 아니다
피 끓는 심장이 아니다

아픈 곳!

어루만져주지 않으면
안 되는
상처 난 곳

그곳으로
온몸이 움직인다

불화와 화해

내가 태어난 닭잘뫼의 생가 터와, 초등 5학년 때부터 중학교 졸업하던 해까지 살았던 안골의 집터를 47년 만에 찾아가 보았다.

고향 선산에 모신 아버지의 산소에 성묘를 다녀오느라 일 년에 한두 차례 고향에 다녀왔지만 일부러 외면하고 찾아가보지 않았던 곳이다.

선산을 다녀올 때마다 지척에 보여도 그냥 지나쳐 왔다. 다시 보고 싶지 않을 정도로 불화했던 것인데, 2018년 초겨울 선산으로 시제를 가는 길에 찾아보았다.

산 중턱 언덕 위 내가 태어난 생가 터는 밭이 되어 비닐하우스가 자리 잡고 있었다. 비닐하우스 아래로 어린 시절엔 꽤 넓어 보였던 텃밭이 초라한 모습으로 나를 반겼다. 어린 시절 햇볕 뜨거운 여름날 부모님을 따라 호미로 풀을 맬 땐 너무 넓고 크다 생각되어 조금만 작았으면 했던 텃밭이다. 이제 보니 초라할 정도로 작아 보였다.

닭잘뫼에서 안골까지 오가는 산길 역시 몇 걸음 되지 않는 가까운 거리인데 당시에는 한없이 멀게만 생각되었다.

초등 5학년 후반부터 중졸 때까지 나를 보듬어준 집터에도 비닐하우스가 대신 자리 잡고 있었다. 여기에 자리 잡고 있었던 우리 집과 텃밭은 이 마을의 박 부자네 것이었다. 우리 가족은 박 부자네에게 도지를 주고 이곳에서 살았다. 이를테면 토지세를 주고 살았던 것이다.

조그만 방 두 개와 토방, 마루, 부엌이 딸린 쓰러져가는 초가집이었다. 처음 이사 왔을 땐 집 앞 벽이 기울어 무너지지 말라고 큰 나무 두 개로 받쳐놓고 있었다.

아버지가 살면서 기우는 벽을 허물고 다시 쌓는 등 이곳저곳 수리해가며 살았다. 흙으로 벽돌을 찍어 아래채도 지었다. 그곳에 헛간과 소 외양간과 돼지우리도 만들었다.

돼지우리 뒤편에 복숭아나무가 있었고 바깥마당 가 뒷간 앞에 대추나무가 있었다. 가지가 찢어질 정도로 여름날 풍성하게 열린 복숭아와 가을날 주렁주렁 매달린 대추는 가난한 어린 시절을 보다 풍요롭게 해주었다. 이 모든 것이 온데간데없이 사라지고 없었다.

집 뒤의 야산은 그대로였으나 어렸을 때와는 다르게 높아 보이지 않고 낮게 보였다. 집 앞의 수령 수백 년의 암수 두 그루 느티나무 거목은 비바람에 큰 가지 일부가 부러졌지만 여전히 변함없이 그 자리를 지키고 있었다. 두 그루 거목 사이에 내가 마시며 자란 마을 공동 우물터도 그 자리에 있었으나 오랜 세월 사용하지 않아

나뭇잎 등으로 거의 메워져 있었다. 비바람이 불고 천둥 번개 치는 여름날 물지게를 지고 물 길러 왔던 기억이 어제인 듯 피어났다.

두 그루 거목의 웅대한 가지들이 비바람에 요동치는 소리는 천지를 뒤흔드는 천둥소리보다 컸으며, 수많은 나뭇잎들의 현란한 흔들림은 구름 낀 검은 하늘을 일순간 찢는 번개를 압도했다. 무서웠다.

그러나 집 안에서 바라보면 그 무서움은 사라지고 한 폭의 거대한 그림으로 아름답게 다가왔다. 특히 눈이 많이 내린 겨울날은 웅장한 가지에 수북하게 흰 눈이 쌓여 거대하고 아름다운 성탄 트리로 변했다.

떠난 후 이제까지 줄곧 불화한 이곳은 그러나 내가 문학을 꿈꿔 왔던 곳이다. 시인이 되겠다고 마음 다진 곳이다. 내 문학의 토양이 된 곳이다. 내 문학의 기초 정서가 형성된 곳이다. 그럼에도 고향에 들를 적마다 먼발치에서 바라만보고 되돌아왔던 곳이다.

47년 만에 마주한 터가 내게 물었다.

"왜 그랬니?" 나는 터에게 물었다. "왜일까? 왜 그랬을까?" 우린 서로가 잘 아는 물음을 주고받았다. 그리고 비로소 불화했던 47년 세월을 화해했다. 이것으로 다시 서로 마주할 수 있는 명분을 주고받았다. 이제, 고향에 들를 적마다 설레는 마음으로 반갑게 찾아보려 한다. 너무나, 긴 세월이 흘렀다.

고향의 저 골 깊은 뿌리 8
— 비력질

열네 살 나이가 어리다 하여
간간이
마을 어른들의 반대도 있었지마는
탄광으로 낮대갈 가신 아버지를
속앓이병으로 누워 계신 어머니를
대신하여
어쩔 수 없이
삽자루 들고 지게 지고
신작로로 비력질 나가 보면
어른들은 어느새 술에 취해
싸움질을 해댔어.
그 싸움들은 으레
"네놈은 상놈이었잖여."
"네놈은 빨갱이 앞잽이였잖여."
피맺힌 절규 끝에
죄 없는 깡술들만 퍼대고 있었어.
해가 기울도록
그 술에 자꾸 취해가고 있었어.

'불평등'에서 '평등'으로 가는 노동운동

쓸 만한 글 하나 남기고자 작심했던 어린 시절 꿈이 있었다. 그 꿈을 중학교를 졸업하고 소규모 영세 공장에 몸담으면서 접어야 했던 나에게 성경을 통해 예수가 다가왔다. 내 나이, 공교롭게도 그가 인류를 구원하기 위해 십자가를 진 나이와 같은 33세가 되던 해였다.

직업병으로 몸과 맘이 만신창이가 된 나에게 예수는 메시아 구세주가 되어 두 가지의 특별한 가르침을 주었다. 하나의 가르침은 "무(無)에서 유(有)를 만들어라"라는 것이었고, 그리고 또 하나의 가르침은 "사랑하라"라는 것이었다. 그 가르침에 따라 무(無)에서 유(有)를 만들듯 독학을 했으며, 사랑하듯 시를 썼다.

예수는 세상으로부터 멸시와 천대와 핍박을 받고 있던, 낮은 자와 힘없는 자와 가난한 자와 병든 자 등 민중과 항상 동행하며 호흡하고 그들을 사랑했다. 내 시도 항상 노동자 등 민중의 삶과 동행하며 그들의 삶을 사랑하길, 그리하여 어떠한 형태의 몸이 되고 어떠한 형태의 옷을 입든 정신과 가슴만은 반드시 그들과 함께 호흡하길 기원하며 시를 써왔다.

유사 이래 세상은 단 한 번도 노동자 등 민중에게 빛이 된 적이 없지만, 민중은 언제나 세상의 빛이 되어왔다. 노동자 등 민중과 함께 호흡해가고자 하는 내 시들에게 세상은 단 한 번도 빛이 되지 않을 것이지만, 미약하게라도 내 시가 언제나 세상의 빛이 되었으면 한다.

우리 사회의 노동운동은 노동조합이 법제화되어 합법화된 이후로 대기업 노동조합이 주도해왔다. 그 결과 노동자의 계층화가 형성되고 심화되는 것에 일정 부분 일조했다. 대기업 노조는 현재 '귀족 노동자'라는 이름을 얻을 정도로 조직과 경제적 힘을 과시할 수 있는 상류 노동자가 되었다.

그 '귀족'을 세습하고 싶을 정도로 권력도 강해져서, 신규 채용 시 일정 비율을 정해 자신들의 자녀를 채용해줄 것을 자본과의 협상 조건으로 내세우는 지경에 이르렀다. 이는 자본주의 사회에서 자연스레 형성되는 현상이지만, 참으로 스스로 경계해야 할 부분이다.

이들은 거대한 조직의 힘으로 자신들의 목소리를 내는 것에는 자본 못지않게 혈안이 되어 있다. 그렇지만 심화되어가고 있는 중소기업, 하청, 비정규직, 특수고용, 일용직 등의 중·하류 노동자들을 대변하지 않는다. 자신들을 위해서는 투쟁하지만 자신들보다 더 못한 이들을 위해서는 적극적으로 투쟁하지 않는다. 어느 대기업

노조가 자신의 사업주 자본을 대상으로 전개한 투쟁으로 그 노조에 속한 노동자들의 임금이 10퍼센트포인트 올랐다고 하여 어느 공단 후미진 중소 사업장의 중·하류 노동자의 임금도 덩달아 같이 올라가지는 않는 것이다.

이제 노동자들도 나보다 더 못한 열악한 환경의 노동자들에게 보다 깊은 관심과 애정을 갖고 그들을 위해 헌신하고 희생하는 노동운동을 해야 한다. 진정한 '운동'은 자신을 위해서가 아니라 타인 또는 공공을 위해 헌신하고 희생하는 것이다. 노동운동도 그리할 때 '노동'에 '운동'이란 용어를 떳떳하게 붙일 수 있는 것이다. 자신들만을 위해 하는 것에 감히 '운동' '투쟁'이란 용어조차 사용할 수 없음을 자각해야 한다.

나보다 못한 노동자들을 위해 헌신하고 희생하는, '불평등'이 '평등'으로 가는, 그러한 노동운동에 정진하여 자본에 맞서 투쟁할 때 이 사회의 병든 노동이 점차 건강을 회복할 수 있을 것이다. 아울러 후대에 건강한 노동을 유산으로 물려줄 수 있을 것이다.

봄꽃

보송보송한 땅에서만 살아간다면
봄꽃이 아니지

따뜻한 곳에서만 피어난다면
봄꽃이 아니지

때로는 꽁꽁 얼어붙기도 하고
때로는 겨울 찬바람 불기도 하는

그런 곳에서 살아
그런 곳에서 피는 거지

겨울이 지났다고
혼자서만 피어난다면

봄꽃이 아니지
봄꽃이 아니지

메마른 들녘 여기저기
서로서로 더불어

한마음으로
흐드러지게 피는 거지

봄이 왔다고 마냥 피어 있는 것은
봄꽃이 아니지

천지에 푸른 들녘
포근히 깔아놓고서

홀연히 사라지는 거지
홀연히 사라지는 거지

동시집 『공단 마을 아이들』

동시 짓는 훌륭한 분들이 많이 계셔서 동시는 쓰지 않으려 했다. 그러나 동시를 써야 했다. 1960년대 후반부터 이 땅 곳곳에 대규모 공단이 조성됐고 이에 따라 그 주변에 공단 마을이 급히 조성되었다. 땅 주인들은 이에 편승해 방 한 칸에 부엌 하나 2층으로 벌집처럼 지어 10여 세대 공간을 만들어 세를 놓았다. 한숨처럼 늘어선 초기 공단 마을 그 벌집에서 자란 어린이들이 이제 나이 40대를 넘어 50대를 바라보는 중년 어른이 되었다. 4차 산업으로 이행되어가는 이 시점까지 그들을 포함, 아직도 공단 마을에서 극빈의 삶을 살아가고 있는 소수의 공단 마을 어린이들 정서를 담은 동시집이 한 권도 출간되지 않아 안타까웠다.

이런 상황이어서 동시 전문 시인은 아니지만 공단 마을 아이들에 대한 동시집을 내야겠다고 마음먹었다. 어린이는 물론 어른까지, 전 연령층, 누구든지 읽을 수 있는, 읽어야 하는, 읽으면 공감하는, 감동적인 동시집을 내야겠다고 마음먹었다. 우리 문학사는 물론 역사적 관점에서 반드시 내놓아야 한다는 의무감에서다.

2014년 초부터 공단 마을 아이들의 정서를 담은 동시를 쓰기 시작했다. 그 동시들을 동시 전문 잡지 『동시마중』에 투고했다. 동시집을 내기 전 과연 내가 쓴 동시들이 동시집으로 출간되어도 무방한지 사전 검증이 필요했다.

게재해주면 동시를 쓸 자격을 인정받는 것이다. 아울러 그 동시들로 동시집을 펴내도 무방한 것이기에 자신감을 갖고 곧바로 출간을 목적으로 집필 작업을 할 작정이었다. 반대로 게재해주지 않을 경우 더디더라도 좀 더 동시 집필 공부를 한 후에 출간 작업에 들어갈 계획이었다.

『동시마중』에서 투고한 동시를 2014년 3·4월호(제24호)에 실어주었다. 이후 『창비어린이』와 『시와시』 『작가들』에서도 실어주었다. 동시집을 출간해도 되겠다는 자신감이 생겼다.

그런데, 주변에서 의문을 제기했다. 공단 마을의 아이들을 집중적으로 다룬 동시들을 담은 동시집이 없는 만큼 차별성이 도드라지지만, 과연 시 속의 내용들에 대해서 대다수 어린이들이 충분히 공감할 수 있을지에 대해서 의문이 간다는 것이다. 우리 사회 소수의 공단 마을 극빈 어린이들을 다룬 것이기에 다수의 어린이들로부터 공감을 얻는다는 것은 불가능한 것임을 알면서도 작업했다. 체험하지 않은 아이들이 어찌 공감할 수 있겠는가. 그러하기에, 주변의 의문에 전적으로 동의하며 이해한다.

그러하지만, 문학은 반드시 선제적으로 다수의 공감만을 덕목으로 하는 것이 아니다. 공감은 체험에서 얻는 것이고 체험은 직접 체험과 간접 체험이 있다. 공단 마을의 열악한 삶을 직접 체험하지 못한 다수의 어린이들이 이 동시집을 통해 충분히 간접 체험할 수 있을 것이라 믿는다. 그리하여 아직도 열악하기 그지없는 환경에서 자라는 소수의 동무들 삶에 공감하고, 더 나아가 더불어 살아갈 수 있을 것이라고 확신한다.

동시집을 1990년 임길택 시인의 시집 『탄광마을 아이들』을 펴낸 S출판사와 출간하기로 계약했다. 그러나 출판사 측에서 어려운 재정 형편을 이유로 내세워 약속한 출간 시기를 지연시켰다. 출간을 마냥 늦출 수 없고, 다른 출판사에서 출간해도 이의 없다는 S출판사 측의 의사가 있어 푸른사상사에서 출간했다. 푸른사상사 대표 한봉숙 선생님께 감사드린다.

천진난만한 그림으로 동시집을 풍요롭게 해준 인천영선초등학교 2018학년도 4학년 5반 26명의 어린이들과 인솔해준 담임선생님 김명남 시인께 고마운 마음을 전한다.

공단 마을 아이들

공장으로 일 나가는 엄마 아빠
서너 살배기 우리를
단칸 셋방에 홀로 두고 가면

골목길을 하루 종일 헤매다가
고만고만하게 생긴

벌집 같은 셋방

끝내 찾아오지 못할까 봐
밖에서
방문을 잠가놓고 가면

배고프면 먹고 마시고
심심하면 갖고 놀고
오줌똥 마려우면 누우라고

단팥빵 한 개 물병 하나
장난감 몇 개 요강 하나
놓아주고 가면

어느 날은
방바닥에다
오줌똥을 싸놓고

어느 날은
울다가 울다가
잠들었어요

기독교문화대상, 그리고 상금

"축하합니다. 기독교문화대상 문학 부문에 선정되셨습니다. 방금 전 심사를 마쳤습니다. 거듭 축하드립니다."

2018년 11월 26일 오후 기독교문화예술원 이사장 소강석 목사로부터 기독교문화대상 문학 부문 수상자로 선정되었다는 전화를 받았다. 이어 원장 안준배 목사로부터 같은 내용의 축하 메시지를 받았다.

수상작은 졸시 「몸의 중심」이다. 몸의 중심은 해고 노동자와 비정규직 노동자들의 투쟁 현장에서 연대하고, 2016년 10월 초부터 2017년 4월 말까지 광화문 촛불혁명 등에 참여하는 과정에서 노동자 민중들의 아픈 삶을 보고 지은 시다.

병명(후일 진폐증으로 판명)도 모르는 병고와 그로 인한 단칸 월세방 삶으로의 전락, 병원비와 약값을 벌기 위해 사투를 벌이다시피한 피땀 밴 주야간 노동, 30대 초 그 절망의 순간에 하나님께서 나를 부르셨다.

밑줄을 치며 성경을 두 번 정독하고, 아무것도 없는 상황에서 모든 것을 창조하셨으며 가없는 사랑을 베푸신 주님의 가르침을 받았다.

그 가르침에 따라 고관대작 위정자들의 자리보다 병들고 낮고 어둡고 힘없고 소외되고 가난하고 핍박받고 절망에 처하여 핍진한 삶을 살아가는 이들의 자리를 더욱 사랑하신 예수님을 조금이라도 닮고 싶었다.

17세에 소년 공장 노동자가 된 곤궁한 삶이었지만, 33세에 주님의 가르침에 따라 무에서 유를 창조하듯 통신강의록으로 대입 자격 검정고시 독학과 습작을 해 소년 시절 꿈이었던 시인이 되었다.

주님께서 시인으로 만들어주신 것이다. 그러하기에 내 시에 예수님의 사상과 정신, 향기 등 서정이 깃들지 않을 수 없다. 진리, 사랑, 정의, 자유와 노동자 민중들의 자리에서 함께하며 천착해온 나의 노동민중시에 주님을 담아왔다.

문단에서 그동안 몇 개의 문학상 심사위원이 되어 수년간 심사해왔지만 상에 대한 욕심은 없었다. 그러나 받게 된다면 꼭 받고 싶은 상이 하나 있었다. 그 상을 받게 되면 주님으로부터 잘했다 칭찬받는 것이나 다름없기 때문이다. 그 상은 바로 기독교문화대상이다.

2006년 5월. 연대 대외 활동을 못 하게 된 내 몸이 생사 갈림길에서 생으로 향한다면 재생된 삶이니 더욱 헌신의 삶을 살겠다고 서원했다. 다시 대외 활동이 가능해진 2011년 겨울 이후 서원한 것을 지키려고 노력하다 보니, 어느새 습관이 되었다. 그 습관대로 기독교문화대상 상금을 이곳저곳 필요하다 싶은 곳에 나눠주었다. 하루 만에 모두 소진되었다. 상금 받았으니 한턱내라며 격려 응원해준 주변들에게 막걸리 한 병 사줄 돈마저 남지 않았다. 참 자유롭다.

혈관에 스며드는 마취제처럼

살려주십시오
빈다
나의 신께 빈다
가난한 가정에 태어난 죄
돈이 없어 배우지 못한 죄
공장에서 병든 죄를
까닭 없이 지었으나

남의 것을 탐하지 않았으며
부러워하지 않았으며
게으름 피우지 않았으며
열심히 땀을 흘려 살아왔으니
제발 살려주십시오
빈다
나의 신께 빈다

살고 싶다
정말 살고 싶다
허다하게 병치레를 해왔으니
시름시름 해왔으니
한 번쯤은 병들지 않은 몸으로
살고 싶다

살려만 주신다면
인간답게 살겠다고
나보다 더 힘든 이를 위해
헌신하는 삶을 살겠다고

가망이 희박하다는 수술대에 누워
혈관에 스며드는 마취제처럼
빈다
내 생을 지탱해준 신념, 나의 신께

제4부

실패한, 노동의 귀향

천상(天上)의 개밥바라기 지상(地上)의 개밥바라기

밤하늘의 별들을 올려다보면 가슴이 저리다. 저리다 못해 고개를 젖혀 밤하늘을 올려다보고 서 있는 그 상태로 그냥 영원히 잠들어 버리고 싶다. 달이 떠 있는 밤하늘보다 달이 없는 밤하늘이 더 그렇다. 깜깜하면 내 가슴을 저리게 하는, 사랑하는 별들이 확연히 더 드러나 보이기 때문이다.

그 수많은 별들 중에 '개밥바라기'를 더욱더 사랑한다. '금성'을 별칭으로 개밥바라기라고 부르고, 새벽 샛별이라 부른다는 것은 누구나 알고 있을 터이다. 개밥바라기를 유독 더 사랑하는 이유를 그 누군가가 굳이 내게 물어온다면 가장 밝은 별이기 때문이라고 대답하지 않겠나.

개밥바라기를 처음 알게 된 것은 유년의 시절이었다. 삼복이 지나고 막바지 더위가 기승을 부리던 여름의 끝자락 초저녁이었다.

그날은 다른 날과 달리 어찌하다가 아버지랑 나랑 단둘이 마당에 멍석을 깔아놓고 그 위에 벌러덩 누워 밤하늘을 올려다보게 되었다. 그때 아버지는 까만 밤하늘이 왠지 두려운 어린 나의 손을 꼬옥 잡아주며 별들의 이야기를 들려주었다.

아버지가 소곤소곤 들려주는 아름답고 슬프고 예쁜 별들의 이야기를 듣다가 문득 손에 잡힐 듯 서쪽 하늘에 떠 있는 눈이 커다란 별에 대한 궁금증이 일었다. 그때 아버지로부터 그 별의 이름은 금성이며, 달리 개밥바라기라는 이름으로 불리고 있다는 것을 알게 되었다.

"개밥바라기는 개밥 주는 그릇이란다."

아니, 왜, 어찌하여, 무엇 때문에, 저렇게 밝고 예쁜 별이 개밥 주는 그릇이 되었을까?

이러한 의구심은 유년 시절 개밥바라기를 처음 알게 되었을 때부터 이후 그를 좋아하고 사랑하는 현재까지도 속 시원히 풀리지 않고 있다.

개밥바라기를 처음 안 순간부터 좋아하고 사랑한 건 아니다. 그냥 무덤덤하게 바라보며 유년 시절을 보냈으며 소년기를 보냈다. 오히려 소년기 어느 날인가는 이웃집 똥개가 사용하던 지상(地上)의 개밥바라기를 발로 차 박살을 낸 적도 있다.

어찌나 그 똥개가 나만 보면 유달리 짖어대는지 그 앙갚음으로 발로 걷어차버렸는데 그만 깨져버린 것이다. 그 일로 이웃집 아주머니한테 호되게 꾸중을 들었다. 이웃집 똥개의 개밥바라기를 발로 차 박살 낸 것은 이제까지 살아오면서 내가 잘못한 짓 중에서도 가장 잘못한 짓이었다고 후회하며 반성하고 있다. 그러나 그때는 그

까짓 개밥바라기 하나 박살 내버린 것이 뭐 그리 호되게 꾸중 들을 짓이냐며 이웃집 아주머니를 야속하게 여겼다.

개밥바라기를 박살 낸 것을 후회하고 반성하기 시작한 건 열일 곱 살 때였다. 공장에서 하루 열두 시간씩 맞교대 작업은 물론 48시 간 연장 특근 작업을 하지 않으면 안 되는 상황에서였다. 밀려오는 잠을 각성제로 억지로 밀쳐내며 잔업 특근 연장 작업을 하지 않으 면 나의 주인인 자본주의는 잘 곳과 입을 것은 고사하고 먹을 밥마 저 제대로 주지 않았다.

나는 내가 사람이 아니라는 생각에 이르렀다. 어느 사이인가 나 도 모르는 사이에 나는 고향의 이웃집 똥개가 사용하던 개밥바라기 가 되어 있었던 것이다. 지상의 공장마다 공단 마을마다 달동네마 다 판잣집마다에 나와 같은 노동자 민중이란 이름의 개밥바라기들 이 득시글거렸다. 아! 미련하기 짝이 없고 그지없는, 어리석은 나는 내 스스로 나를 발로 차 깨버렸구나! 후회하고 반성하기 시작했다.

후회하고 반성하면서 지상의 개밥바라기들에게 용서를 구했다. 물론 천상(天上)의 개밥바라기에게도 잘못을 빌었다.

서쪽 하늘의 개밥바라기에게 잘못을 빌던 날 초저녁, 그는 흔쾌 히 나를 용서하고는 어느 틈에 어디론가 감쪽같이 사라져버렸다. 그리고는 밤새도록 보이지 않다가 새벽에 다시 나타나, 야간 작업 을 하다 새벽녘 밀려오는 잠을 떨쳐버리려고 잠시 공장 마당 가에 나와 밤하늘을 올려다보고 있는 나를 빙그레 웃으며 내려다보는 것 이었다.

초저녁에 서쪽 하늘에서 사라졌다가 새벽에 동쪽 하늘에 다시 나타나기까지 그동안 그가 어디에서 무엇을 했는지, 어떤 일을 당했는지 알 수 없었지만, 이른 새벽에 샛별이라는 이름을 찬란하게 달고서 환하게 웃고 있었다.

어찌했던 개밥바라기도 웃을 수 있다. 언젠가는 나도 개밥바라기에서 금성이 되어 샛별로 웃을 수 있을 거다.

정에 약한 것이 인간이라고 했다. 자꾸 인간이라고 우기고 있는 나도 정에 무척 약하다. 한번 정들면 그 정으로 인해 아무리 내가 고달파지고 곤경에 처해진다 해도 그 정을 덴 불 떼내듯, 그렇게 함부로 떼어내지를 못 한다.

이러한 나를 보고 아내는 그 어디에서든 그 무엇이든 그 누구든 막론하고 절대 정을 주지 말라고 아이에게 이르듯 타이른다. 특히 여자들에게 친절하고 자상하게 굴지 말고 정을 주지 말라고 신신당부한다. 그래서 어릴 때부터 개를 무척 좋아하는 맏이가 애완견을 기르자고 졸라대었지만 위생과 건강을 핑계 삼아 물리치곤 했다. 정들면 좋든 싫든 죽을 때까지 함께 살아야 하니까.

지난해 아내가 아파트 옆 동에 잠시 마실(놀러) 갔다가 시츄 애완견 '몽실이'라는 개를 안고 왔다. 마실 간 집에서 몽실이를 기르겠다고 분양해 간 사람이 못 기르겠다면서 다시 가져왔다는 것이었다. 그리하여 처치 곤란한 개가 되었다는 말에 무작정 안고 왔다는 것이었다.

그날 이후 몽실이는 우리 집 식구의 일원이 되었다. 몽실이에게 차고 넘치지는 않지만, 투박하면서 겸손하고 언제나 땀이 깃든 진실 된 밥을 담을 수 있는 개밥바라기를 밥그릇으로 선물해주었다.
몽실이의 개밥바라기와 나를 포함한 지상의 개밥바라기들이 천상
의 개밥바라기처럼 금성이 되어 신새벽 샛별로 떠올라 마침내 노동
자 민중의 새로운 날을 열길 기원하면서.

"몽실아! 우리 깜깜한 밤하늘 보러 갈까? 그리고 별들과 개밥바
라기를 올려다볼까?"

개밥바라기

모든 그림자들이 어둠 속으로 저물어버린 초저녁이었다네.
저문 날 어두워진 밤하늘을 무심코 바라보고 있었는데
아 글쎄 어린 시절 이후 까마득히 잊어버리고 살아왔던
금성이란 별이 마침 서쪽 하늘가에 걸려 반짝거리고 있었던
거야.
태양계의 혹성들 중에서 지구와 가장 가까이 있다는 저 금성은
새벽 동쪽 하늘에 나타날 땐 샛별이라 불리지만
초저녁 서쪽 하늘에 나타날 땐 개밥바라기라 불리고 있지.
개밥바라기라 불리고 있는 거기엔
물론 특별하고 심오한 뜻을 달리 담고 있는 것이겠지만
개밥바라기라는 글자 그대로만 본다면 개밥을 담아내는
아가리가 바라진 조그마한 사기그릇을 말하는 것이 아니겠
는가.
한마디로 하잘것없어 보이고 천박스럽게까지 보이는
저 개밥바라기. 그 어느 곳으로 그 무슨 일을 하러 가는 것인지
해가 지면 맨 먼저 어둠 깔린 초저녁

서쪽 하늘 외진 길을 따라 나타났다가는,

밤하늘 모든 별들이 마치 제 세상인 양 마냥 활개치고 있는 동안

밤새도록 그 어느 곳에서 그 무슨 일을 하고 있는 것인지

도무지 그 모습을 보이지 않다가도,

밤하늘 모든 별들이 제풀에 지쳐 사라져가는 새벽녘이 되어서야

새벽 동쪽 하늘 외진 길을 따라 다시 나타나고 있단 말이야.

그 이름도 가슴 벅찬 샛별이란 이름을 찬란하게 달고서.

하잘것없어 보이고 천박스럽게까지 보이던 개밥바라기라는 이름이

눈물겹도록 고귀하게 보이고 찬란하게 보이는

샛별이라는 이름으로 다시 나타나기까지에는,

저물어가던 서쪽 하늘에서 떠오르는 동쪽 하늘로 다시 나타나기까지에는,

어두워가던 초저녁에서 밝아오는 새벽으로 다시 나타나기지에는,

그 어느 곳에 있는 그 어느 누구도

쉽사리 상상할 수도 없는 그 모진 곳에서

쉽사리 상상할 수도 없는 그 모진 일들을

저 홀로 감당해낸 용기와 아픔이 있었지 않았나 싶은 거야.

어찌했든 간에,

이 세상에 개밥바라기만큼 확실한 샛별도 없다는 거야.

『문학청춘』의 '시식남녀'

인천 나들이를 오랜만에 했다. 계간
『문학청춘』의 '시식남녀'가 초대해준 덕분이다. '시식남녀'의 특성
상 나들이 범주가 국한되었지만, 인천의 특색을 다시 한번 짚어보
는 계기가 되었다.

『문학청춘』 김영탁 주간의 말을 빌리면, '시식남녀'의 '시식'이란
시와 음식의 합작품이다. 보다 적극적으로 전국 경향 각지에 살고
있는 시인들과 그들의 몸과 마음, 그리고 언어를 만든 시와 고향의
맛을 찾는 데 목적이 있다.

나는 인천에서 거의 25년을 살았다. 청소년 시절, 20세가 되기
전 부평 4공단 인근에 있던 공장에서 노동자로 일하기 위해 인천
땅을 밟았다. 인천은 직업병을 얻어 김포로 요양차 떠나 올 때까지
정 붙이며 살았던 고향 같은 곳이다. 천행으로 병마에서 벗어나 재
생되어 2011년 초부터 다시 인천을 오가며 이런저런 일을 보고 있
다.

15년 세월이 흐른 것 같다. '시식남녀'에서 반가운 이들과 재회했다. 시인 김윤식 형님과 김영승 시인이다. 시인 이경림 누님과도 지난해에 이어 다시 재회했다. 김원옥 선생님도 반가웠다.

일행 10여 명은 중국인 마을에 자리 잡은 중국요리집 '상원'에서 점심을 먹는 것으로 일정을 시작했다. 참으로 오랜만에 중국 정통 코스 요리를 맛보았다. 아주 맛있게 먹었으나, 지나친 호식이 아닌가 싶어 마음 한구석이 편치 않았다.

일행이 둘러본 곳은 오래전에 둘러본 곳이었다. 중국인 마을과 일본인 거리, 자유공원, 밴댕이집 골목, 북성항 포구 등등. 대표적 달동네였던 중국인 마을은 새롭게 정비되어 있었다. 자유공원도 변해 있었다.

과거 군사 독재 시절 인천시장의 관사가 있던 곳에 이르렀다. 이곳이 김영승 시인이 초등시절 동급생이었던 시장의 아들과 벗했던 곳이란다. 감회가 새롭다.

이날 참으로 반가운 이와 거의 20년 만에 상봉(?)했다. 밴댕이회를 쓱쓱 썰어 염가로 파는 '서산집'에서다. 과거 인천 부평에서 살 적, 자주 왔던 집이다. 늘 정겹게 밴댕이를 썰어주던 밴댕이집 아주머니는 꿈 같다며 나를 반겼다. 세월이 흐른 만큼 이마에 주름은 늘었으나, 마음은 변함없이 건강해 보였다.

오래전 나는 이곳에 "난 참으로 행복한 놈이다/남을 억누르며 못살게 구는/남의 눈에 피눈물 나게 하는/그러한 힘을,/하나도 가지고 있지 않으니//…(중략)…/그리하여, 남을 하나도 때려눕힐 수 없다는 것이"라는 나의 졸시 「행복」을 걸어두었었다. 그러나 그 시는 건물이 낡아 천장이 무너지는 바람에 소실되었단다.

북성항으로 가는 길에서 모처럼 풋풋한 삶들을 만났다. 포구로 들어온 생물들과 정직하게 더불어 살아가고 있는 그들을 보며, 밥 먹는 것에 대해 골똘히 생각해보았다.

밥 먹는 법

밥 먹는 것에도 법이 있다는 걸
엄동설한 공사판 새참
야간 노동 공장 야식
더불어 허겁지겁 먹어본
없는 반찬 가난한 밥상
함께 옹기종기 먹어본
우리는 절실하게 안다네

내 밥 수저에 올릴
반찬 한 젓가락 집어
상대방의
부실한 밥 수저에
말없이, 고이 올려주는, 법

또 눈물이 나온다

수준

이제 우리도 집이 있다고
학교 가서 하루 종일
아이들에게 자랑하였다는
아홉 살 난 둘째 놈

저녁 밥상머리에 앉아서
제 놈 수준이 달라졌다 하네
어제만 해도
집 없는 아이들과 친구 했는데

오늘부터는
집 있는 아이들이
친구로

붙여주었다며

수준에 대하여 이야기하네.

야간 작업을 밥 먹듯이 하며 오늘까지 지켜온 20년의 세월. 그 20년간의 공장 생활 끝에 가까스로 장만한 13년 된 열네 평짜리 낡은 아파트로 이사를 오고 며칠이 지난 어느 날 저녁이었다. 초등학교 3학년에 다니는 아홉 살 난 둘째 놈이 저녁 밥상머리에 앉아서 잔뜩 들뜬 목소리로 이렇게 말해왔던 것이다.

"아빠, 이젠 저도 오늘부터 수준이 달라졌어요. 집 있는 아이들이 친구로 붙여주었거든요."

울컥 눈물이 나오려 했다. 막 넘어가려던 밥알이 목구멍에 탁 걸려왔다.

그동안 녀석은 얼마나 가슴 조이며 집 없는 수준을 말없이 감내해야만 했던가 생각하니 목이 메었다. 그리고 아직도 그 집 없는 수준을 말없이 아파하고만 있을, 내 자식과 같은, 또 다른 내 이웃들의 그 숱한 아이들의 모습이 떠올라서 눈물이 나오려 했다.

해서, 그 자리에 그냥 엎드려서 써댄 것이 부끄럽게도 앞에 언급한 '수준'이라는 제하의 시가 되었다.

어머니 품속 같던 곳, 그러나 살아갈수록 아득하게 아득하게 멀어져가는 곳, 그러기에 자꾸 생각이 나는 곳, 지금 이 순간에도 모든 것 다 팽개쳐버리고 불쑥 찾아가고 싶은 곳, 내 고향!

면사무소가 있는 면소재지에서 20여 리나 떨어져 있는 곳, 읍사무소가 있는 읍 소재지에서는 30여 리나 떨어져 있는 곳, 홍성 예산 청양 이렇게 3개 군의 틈바구니에 끼여 있는 아주 작은 마을. 첩첩산중. 두메산골이라기보다는 심심산골이었던 그곳에서 나는 참으로 배고픈 어린 시절을 보냈다.

보리밭 사잇길을 따라 꽃 피는 봄날이 오면 그 배고픔은 극에 달해서 사립문 밖 양지바른 박 부자네 몰판데기를 찾아가곤 했다. 거기 눈이 부셔오도록 반짝여대는 대리석 비석 가에 쪼그리고 앉아 수북하게 자라난 살이 오른 뗏장 풀을 뜯어 동생 하나 주고 나 하나 씹었다.

그러다 보면 어느샌가 풀물이 들어버린 내 여린 손바닥엔 송글송글한 물집이 곧잘 맺혀 오기도 했다.

그 물집은 마치 탄광에 다니던 아버지의 탄복에 덕지덕지 달라붙은 거무칙칙한 작은 탄 알갱이 같기도 했고, 일 년 내내 속앓이 병으로 누워 있던 어머니의 그 피골상접한 가느다란 팔뚝에 혈관 따라 찔러댄 푸르뎅뎅한 아편 주삿바늘 자국 같기도 했다.

밥알의 아픔이 배어 있었다. 톡톡 솟아오른 그 물집 속에는 찐득찐득한 밥알의 아픔이 하얗게 배어 있었다.

떨어내려고 하면 할수록 더욱 진하게 달라붙던 그 모진 아픔! 이를테면 가난이란 걸 알게 되었다.

손가락 마디마디 쓰려려 오는 그 물집을 만지작거리면서 가난이란 한도 없이 끝도 없이 사람을 아프게 한다는 것도 그때 처음 알았다. 그전에는 배가 고파도 그 진정한 아픔을 몰랐었다.

눈이 오는 날이건 비가 오는 날이건 아버지가 날이면 날마다 하루도 빠짐없이 밤이나 낮이나 탄광에 나가서 뼈 빠지게 탄을 캐내는데도, 어째서 우리 집은 똥구멍이 찢어지도록 가난하게 사는 것인지 그 이유를 몰랐던 것처럼 까마득히 몰랐었다. 그때가 초등학교 4학년 때였다.

그 후로는 학교에서 급식으로 주는 강냉이죽을 홀짝홀짝 마셔버릴 수가 없었다. 어머니 생각이 나서였다.

형을 낳기 그 이전, 6·25 그 북새통에 위로 두 자식을 잃은 후 그것이 화가 되어 속앓이 병을 앓아왔다는 어머니는 중증에 시달리고 있었다.

잘 먹어야 한다는데 가끔씩 뜨물 같은 밥물만 간신히 삼켜대고 있었다. 그러다가는 숨이 끊어지려 하고 숨이 끊어지려 할 때마다 아편 주사로 가까스로 숨을 이어가고 있었다.

아버지는 그 아편을 구하느라 무진 애를 쓰셨다. 아편이 있다는 곳이면 있는 돈 없는 돈 다 긁어모아 가지고 비에 젖은 길이건 눈에 젖은 길이건 마다치 않고 그 어디든 찾아가셨다.

아버지가 쓰시던 찌그러진 헌 도시락을 비어 있는 채로 학교에 가지고 갔다가 거기에다 강냉이죽을 받았다. 반뿐이 차질 않았다. 퍼주는 급식 아주머니께 사정사정하여 좀 더 채웠다.

아무리 조심스럽게 걸음을 옮겨놓아도 물에 가깝던 그 멀건 강냉이죽은 산을 돌고 내를 건너 재를 넘는 십 리 길을 걷는 동안 무명천으로 된 빛바랜 내 책 보따리를 엔간히도 적셔놓곤 했다. 날 추운 겨울날에는 그대로 얼어버렸다. 추웠다.

227

그러나 나는 그곳에서 꿈을 꾸었다.

봄이면 뒷산 마루에 진달래 물씬 피우고 여름이면 앞 들판에 해당화 물씬 피우는 후덕한 산과 들을 바라보며 시인이 되고자 했다. 그리고 아편 주사를 맞아가며 가까스로 병든 생명을 이어가고 있던 들풀 같은 어머니의 그 질긴 삶을 보며, 탄가루 덕지덕지 묻히고 살아가던 잡초 같은 아버지의 그 끈끈한 삶을 보며 그 마음을 굳히곤 했다.

고향의 저 골 깊은 뿌리·1
— 뗏장 풀

무엇이든 닥치는 대로 먹고 싶었어.

동생의 야윈 손을 잡고
사립문 밖 양지바른 언덕배기로 나서면
거기 잘 정돈된 박부자네 몰판데기

대리석 비석 가에 쪼그리고 앉아
살 오른 뗏장 풀을 뜯어
동생 하나 주고 나 하나 씹고

해는 길어
뗏장 풀을 뜯어내던 내 어린 손은 곧잘 부르텄어.

얼굴에 마름버짐이 허옇게 번져왔어.

기력이 쇠잔해질 대로 쇠잔해진 그 야윈 몸을 복사꽃 밑동부리
에 의지한 채 객지로 떠나는 열여섯 살의 어린 자식을 배웅하던 병
든 어머니의 그 마음은 무엇이었을까.

마치 할 말이 하나도 없는 듯, 자식의 모습이 멀리 고개 너머로
사라질 때까지 두 번이고 세 번이고 번갈아가며 두 팔을 저어대고
있던 그때 어머니의 모습은 나에게 있어서 차라리 채찍이었다.

몸도 성히 마음도 성히 부디 꿈을 버리지 말라는 완곡한 채찍이
었다.

그러나 객지를 떠돌며 겪은 공장 생활 20년 그 세월이 어이 짧을
수 있었겠는가. 짧지 않은 그 세월 속에 어이 탈이 없을 수 있었겠
는가.

학벌에 따라서, 또는 가진 것이 많으냐 적으냐에 따라서 신분이
정해지는 이 사회에서 학벌도 없고 가진 것도 없는 나는 언제나 뒷
전 신세를 면할 수가 없었다.

큰 공장에 들어가서 한 몇십 년 푹 썩다 보면 어릴 때의 그 뼈아
픈 배고픔쯤이야 면해지겠지 싶어 그리해볼 양이었는데 학벌이 부
족하여 가는 곳마다 문전 박대를 당했다.

그 얼마나 하고 싶어 했던 공부였던가.

등잔 불빛 아래에 책을 펴놓고 엎드려 공부하다 보면 어느새 저
멀리 아랫마을에서 새벽닭 홰치는 소리가 방문 아래 언덕을 타고
아득히 들려왔다. "제발 그만 좀 자라"며 등잔불을 꺼대시던 부모

님의 그 걱정은 아랑곳하지 않고 "이 밤이 한 시간만이라도 더 길었
으면" 하는 아쉬움에 젖기도 했다.

그 버릇을 냉큼 버리지를 못해서 객지로 나온 처음 몇 해는 울기
도 많이 울었다. 길에서 만나게 되는 책가방을 멘 내 또래 아이들을
보면서 남몰래 울었다. 그러나 어찌하랴, 당장 입에 풀칠하는 것이
급선무였는걸.

어쨌든 나는 내 의사와는 상관도 없이 학벌도 없고 빽도 없는 사
람들, 그 대여섯 명이 일하는 영세 업체로만 떠돌아다녀야 했다.

복사꽃

어디에 가서 살든
몸 성히 잘 살아야 한다.

겨우내 속앓이병
앓으신 어머니

싸리문 밖
따라나서시어

복사꽃 밑동부리
구부정히 부여잡고

서울로 돈 벌러 가는 자식

그 열여섯 살이 마음 걸려

못내
내 저으시던 눈물.

어디에 가서 살든
몸 성히 잘 살아야 한다.

헌데, 그 가난한 영세 업체들은 왜 그리 잘도 망하는지. 큰 기업
체들은 소리도 시끄럽게 왕왕 잘도 돌아가는데 왜 그리 잘도 망하
는지. 발주 업체인 큰 기업체에서 결재가 늦어져 망하고 원자재 값
이 올라서 망하고, 그렇게 지나가는 바람에 들풀 쓰러지듯이 쓰러
졌다.

쓰러지는 건 영세 업체뿐만이 아니었다. 내 친구들도 무수히 쓰
러져갔다.

분진에 쓰러지고 소음에 쓰러지고 내연에 쓰러지고 악취에 쓰러
지는 친구들을 보아왔다. 팔이 부러지고 다리가 잘려 나가고 목숨
이 끊어져 나가는 친구들을 보아왔다. 눈물을 배웠다.

책가방을 들고 길을 가던 내 또래 아이들을 보면서 흘렸던 그러
한 눈물은 진정한 눈물이 아니란 걸 배웠다. 아! 나는 눈물 하나 배
우는 데 이토록 많은 시간을 허비했구나!

그러나 이 얼마나 다행스런 노릇이란 말이냐. 십수 년 동안 까마
득히 잊고 살아왔던 꿈! 그 꿈을 그 눈물이 다시금 일깨워주었던 것
이다.

나이 삼십을 훨씬 넘겨가지고 단칸방에 배를 깔고 엎드려 까만 밤을 하얗게 보내버리는 나를 보고 아내는 "뜬구름 잡지 마라" 무수히 타일러왔지만 개의치 아니했다. 그저 미친놈이 되었다. 내가 쓰고 있는 원고지도 덩달아 미쳐가는 듯했다.

보다 못한 아내는 형광등을 꺼버렸다. 그 옛날 부모님이 등잔불을 꺼버렸듯이 그렇게.

그럴수록 나는, "아내여, 미안하다. 내가 당신이라도 그렇게 했을 것이다. 장가든 지 십 년이 넘도록 단칸방 신세 하나 못 면하고 있는 주제에 그대를 아직도 그 먼지 자욱한 봉제공장에 내보내고 있는 주제에 이제 와서 그 무슨 말라비틀어진 시냐, 시간? 했을 것이다"라고 되뇌며 뒤늦게 잡게 된 원고였지만 앙! 앙! 하고 잡아댔던 것이다.

그 결과 이제는 공장에서 야간 작업을 하고 집에 돌아와 잠을 자둬야 할 그 시간에 지금 이 순간처럼 청탁 원고에 쫓겨 시달림도 좀 받게 되었지만 이 한 몸 시달림 좀 받으면 어떠리. 이보다 더한 시달림을 받는다고 해도 어떠리. 정작 '시인의 길'로만 자알 나아갈 수만 있다면. 부디 그 길이 '뒤늦게 배운 도둑질'만큼만 되어주었으면……

나는 시인이기 전에 사람이다. 사람이므로 사람들을 본다.

사람들이 만들어놓은 이 거리에서 손바닥만 한 좌판을 챙겨 들고 도망치는 노점상도 보고, 쫓아내는 단속반원도 본다. 모두가 사람의 일인 것을 본다. 가슴도 아프고 마음도 아프다.

이 아픔은 내 어린 시절에 맛보았던 그것에 비교할 바가 아니다.

또 눈물이 나온다.

꽃그늘

애써 둘러보지 않아도
보이는 건
봄꽃들만 무성하여서

그 화사함에
나 그만
깜빡 죽어버리고 싶었어.

어느 얼빠진 시인이
봄꽃에 저 홀로 취해서
함부로 지껄여댄 것처럼

그늘진 곳 하나 없는 꽃빛깔로
이 세상에
진정 봄이 온 줄 알았지.

헌데, 눈깔을 까뒤집고 살펴보자니
꽃이란 묘한 것이어서
참으로 묘한 것이어서

그 꽃자리에
꽃 피운 만큼

한 다발 그늘도 만들고 있어.

무시무시한, 꽃그늘을 만들고 있어.

에라, 이 밥통들 같으니라구!

사람이 아무것도 먹지 않고 버틸 수 있는 기간은 어느 정도나 될까. 사람마다 약간의 차이는 있을 수 있겠으나 불과 얼마를 못 버티고 죽음에 이르게 될 것이다.

그런 생각에서 나는, 정치판에서 누가 이러저러해서 단식투쟁에 들어갔다는 소식을 접했을 때마다 아까운 한목숨이 얼마 못 가서 생으로 끊어지겠구나 싶었었다.

그런데 그때마다 나의 이런 생각은 과녁을 벗어난 화살처럼 항상 빗나갔다. 버틸 수 있는 기간을 훨씬 넘겼는데도 그들은 여전히 건재하게 살아 있었던 것이다.

이유인즉슨, 물도 마시고 의사를 데려다가 건강 체크도 받고 수하인들에게 시중도 받는 그러한 단식투쟁이었다나.

에이, 그게 무슨 단식투쟁이람. 눈도 깜짝 아니할 하나 마나 한 상대방 위협 주기지. 요즘처럼 너 나 할 것 없이 강심장을 달고 다니는 세상에 그게 그리 쉽게 통하기나 한다냠.

그러니 앞으로 단식투쟁을 꿈꾸는 정치꾼 선생님들이여! 단식하지 말고 다식을 한번 해보시는 것이 어떠실까.

뱀탕도 잡숫고 곰 발바닥도 잡숫고 하는 사람들처럼 닥치는 대로 무엇이든 잡수시어서 그 불끈해진 힘으로 한번 정면승부를 걸어보시길······.

씨름판에 나가보라, 어디 씨름하는 씨름꾼이 상대방보다 힘이 약하고 기술이 부족하다 하여 단식투쟁한답시고 모래판에 납작 엎드려 있는가를, 그런다고 어디 심판이 나서서 반짝 일으켜 세워 가지고 당신이 이겼노라고 두 팔을 번쩍 들어올려 주는가를.

어쨌든 이 단식투쟁이란 말이 생겨나기까지에는 '밥'이라는 것이 있기 때문이 아니었나 싶다.

먹으면 배 부르는 밥! 먹지 않으면 배고픈 밥!

그래서 어느 배고픈 시인의 아내는 그 배고픔을 참다못하여, 마치 시하고 무슨 원수가 진 듯 앉으나 누우나 시만 생각하고 있는 남편에게 이렇게 대들었다 하지 않는가.

"시만 생각하면 다냐? 시가 어디 밥 먹여주냐?"

아, 제발 시도 이젠 소설이나 수필처럼 밥값을 좀 하게 하는 세상 좀 와다오. 그래서 죽자 살자 시만 생각하고 있는 시인에게도 밥값 좀 하게 해서 남편 구실도 좀 하게 해다오.

이건 어디까지나 독자에게도 책임이 있다. "별들이 비에 젖어 있구나!" 하는 한 줄의 시어보다 정력 건강식 뱀탕이나 곰 발바닥에게로 잔뜩 눈빛을 주고 있는 독자에게도 책임이 있다.

아니다. 역시 그 책임은 '정력에 좋은 시'를 써내지 못하고 있는

시인에게 전적으로 있다. 시인아, 너는 어이 그런 시를 못 쓰고 있
니?

그러나, 시를 쓰는 것이 어디 밥 먹기 위해 쓰는 것이더냐.

아무튼 이 밥 때문에 '밥그릇 싸움'이 대단하다. 그 밥그릇에도
질이 좋은 것이 있는가 하면 그보다 못한 것이 있어 이왕이면 다홍
치마고 질 좋은 밥그릇을 차지하기 위해서, 비 오는 날 미친 송아지
주인 무서운 줄 모르고 다 익은 보리밭에서 날뛰듯 그렇게 날뛰고
들 있다나.

그럼 그 질 좋은 밥그릇이란 무엇이란 말이냐.

사기그릇이냐, 스테인리스 그릇이냐, 아니면 법랑 세트냐, 요즘
한창 인기를 끌고 있는 돌솥 비빔밥집에서 사용하고 있는 돌솥 그
릇이냐.

내가 지금 무슨 소릴 하고 있는 건가, 답답하게. 밥그릇에는 금
으로 만든 것도 있고 다이아몬드로 만든 것도 있을 텐데……

아니다. 그것보다 더 좋은 것이 있지 않더냐. 애를 써가며 퍼 담
지 않아도 저절로 철철 넘쳐흘러서 "내 잔이 지금 넘치고 있나이
다"하는 그런 밥그릇! 이 세상에 그보다 더 좋은 밥그릇이 어디 있
더냐.

정치판은 그 이름도 찬란한 풀뿌리 지자체라는 새로운 밥그릇을
만들어놓고 쟁탈전을 벌이느라 방방곡곡 고을고을 마을마을마다
옷빠시* 집을 쑤셔놓듯 하지 않는가.

---

* 옷빠시 : 땅속에 집을 짓고 사는 벌의 일종으로 아주 작으나 한 집에 엄청난 숫자

백성들은 이미 안중에서 버려버린 지가 오래되었다. 온갖 비리와 반칙을 가하면서 사람답지 못하게 그 무엇처럼 싸운다.

그러다가 어느 한쪽이 그 밥그릇을 차지하고 나면 독식을 한다. 독식을 하다 체할지라도 먹다 남은 찬밥 한 술 제대로 상대편에게 나눠줄 줄을 모른다.

사람을 '먹기 위해 사는 사람들'과 '살기 위해 먹는 사람들'로 분류해본다면 아마 그들은 전자에 속할 것이다. 에라, 이 밥통들 같으니라고!

전에 근무했던 공장에 비정규 일용직으로 들어와 얼마간 일을 했던 아주머니가 있었다. 나와 한 조를 이루어 일하던 친구가 맹장 수술 때문에 결근 중일 때였다. 일의 성격상 혼자서는 도저히 할 수 없는 작업이었고, 그렇다고 야박스럽게 병원에 입원해 있는 사람을 그만두게 하고 다른 기능공을 영입할 수도 없는 노릇이었다. 전전 긍긍하던 사장은 생각하다 못해, 그 친구가 퇴원을 해서 다시 출근을 할 수 있을 때까지 그 아주머니를 일용직으로 쓰기로 했던 것이다.

고생을 많이 해서인지 실지 나이보다 대여섯 살이나 더 들어 보이던 그 아주머니는 간식으로 지급되는 빵과 우유를 제때 제때 먹지 않고 그냥 놔두었다가 퇴근할 때 집으로 가지고 가는 것이었다.

직원이라고 해야 다 합해서 사람 몇 명 안 되는 영세성을 면치

의 벌이 공생함. 건드리면 한꺼번에 모두 몰려나와 공격하는 무서운 벌 떼

못했던 조그마한 업체였기에 감히 3교대는 엄두도 못 내고 2교대 작업을 했었다. 하루에 열두 시간씩 일을 하다 보면 허기가 지던 관계로 오후 세 시쯤에서 각각 빵 한 개와 우유 한 봉지씩을 지급받아 간식으로 먹곤 했다.

그다음 날도 또 그다음 날도 그렇게 놔두었다가 집으로 가져가길래 혹시 빵과 우유를 싫어하는가 싶어 물어보았더니, 계면쩍게 웃으며 집에 있는 아이에게 갖다주려 한다는 것이었다.

공장에서 주물 일을 하던 남편이 쇳덩어리에 깔려 척추를 다치는 바람에 식물인간이 되다시피 한 그 이후로는 하나밖에 없는 어린 자식에게 빵 하나 우유 한 봉지 사주기가 힘들다는 거였다.

어찌 이런 처지의 사람들이 하나둘뿐이겠는가. 일부러 도시락을 싸가지고 다니면서 찾아보지 않아도 잠깐 눈만 돌리면 우리 주위에서 얼마든지 볼 수 있는 사람들이다.

이들이야말로 그렇게 아옹다옹 죽자 살자 밥그릇 싸움판을 벌여놓는 사람들도 이니다. 그저 공장이나 노동판을 전전해가며 뼈 빠지게 노동을 팔아서 그 노동을 판 대가로, 내 밥이나 찾아 먹고자 할 따름이다.

그런데도 이들은 밥그릇 싸움에서 패배한 사람들보다도 더 심한 '찬밥 신세'가 되어 있다. 이 아주머니 남편의 경우처럼 멀쩡하던 밥줄이 하루아침에 끊겨 나가는 슬픔을 당하기도 한다.

밥그릇 싸움질에 혈안이 되어 있는 자들 등쌀에 '자기 밥'도 제대로 못 찾아 먹고 있는 이들, 이들은 왜 이렇게 탄식조의 말을 하는 것일까. "갈수록 먹고살기가 힘들다"고.

비정규직 노동자

아니면,

비정규 국가 비정규 나라 비정규 정부가 서럽듯이
비정규직 노동자도 서러운 것이라고 기록할까

아니면,

가장 견디기 힘든 고통이라고 쓸까
가장 헤어나기 어려운 절망이라고 쓸까
가장 참아내기 버거운 어둠이라고 쓸까
가장 감당하기 서러운 차별이라고 쓸까

아니면,

부당한 해고로부터 보호받지 못한다고 말할까
재계약을 위하여 불이익을 당한다고 말할까

아니면,

임금을 적게 주기 위한 짓이라고 항의할까
해고를 쉽게 하기 위한 짓이라고 항의할까

차별대우, 노동운동 탄압의 상징
인권 무시의 상징

저임금, 무권리 노동의 상징
간접고용, 일용직, 특수고용, 계약직의 상징

아니면,

경제를 지탱하고 있는 지렛대라고 호소할까
이 나라를 받치고 있는 기둥이라고 호소할까

아니다, 아니다, 아니다, 아니다,

그 어느 글이 제대로 표현할 수 있으랴
그 어느 말이 제대로 대신할 수 있으랴

몽매에도 목을 매어 정규직이 되고픈
인간촛불 1100만 비정규직 노동자여!

밤하늘, 떠돌이별의 소원

하루에 한 번쯤은 거르지 않고 꼭 밤하늘을 바라봅니다.

먹구름으로 온통 뒤덮여버린 날과 비 오는 날 아니고는, 언제나 밤하늘엔 별들이 반짝입니다.

큰 별이 있는가 하면 작은 별, 그 뒤로 은하수 다리 건너 좁쌀 같은 별 무리도 가물가물 보입니다.

그리고 날마다 조금씩 달라진 모양으로, 달도 하나 크게 떠오릅니다.

초승달과 그믐달은 마치 깎아놓은 손톱처럼 가냘파 보이지만, 그 밝기는 큰 별보다 훨씬 더 밝고, 크기도 몇 배나 더 크게 보입니다.

흙냄새 풀 냄새가 물씬 풍기는 고향을 떠나, 메케한 연기와 퀴퀴한 폐유 냄새만이 코를 찌르는 이 공단으로 온 지 어언 수십 년이 되지만, 나의 '밤하늘 바라보기'는 오던 날 밤부터 지금까지 계속되어 오고 있습니다.

처음에는, 고향 떠난 어린 맘에 고향의 어머니와 아버지가 보고 싶고, 동생들도 보고 싶고, 책가방 들고 다닐 내 또래 친구들도 보고 싶어서였습니다.

그때는, 밤하늘이 마치 내가 자라온 고향 마을 같아 보였습니다.

달은 우리 초가집 같아 보였고, 큰 별은 아버지와 어머니 그리고, 작은 별은 동생들이랑 친구들 같아 보였습니다.

밤하늘 저쪽 귀퉁이에서 외톨로 반짝이는 작은 별은, 낯선 타향에서 홀로 객지 생활을 하고 있는 내 모습 같아 보였습니다.

그리고, 나로 하여금 자꾸만 눈물 나게 만들었습니다.

눈물이라 해서 다 슬픈 것은 아닙니다. 가슴 가득하게 기쁜 마음이 넘쳐난 나머지, 넘쳐나는 그 기쁨에 어쩌지 못하여 나오는 눈물도 있습니다.

이처럼 그때의 눈물은 결코 슬픈 눈물이 아니었습니다.

애절한 그리움이 있었기에 주고 싶은 사랑 충만하였고, 가슴 부푼 꿈이 있었기에 '다가올 앞날이 밝기만 하리라'는 희망 또한 충만하였습니다.

그러한 생각에서 만들어진 기쁜 눈물이었습니다.

일찍 객지 맛을 보고 일찍 직장 생활을 시작한 탓인지, 고향 떠나 '밤하늘 바라보기' 몇 해 안 되어서 애늙은이가 되어버렸습니다.

밤하늘에 초승달이 어머니의 버선 모양으로 떠올라도, 그리움은 커녕 마치 칼자루 없는 서슬 퍼런 칼날 같아 보였습니다.

내 '밤하늘 바라보기'가 이처럼 점점 삭막하여감에 따라서, 내가 살아가고 있는 이 세상 또한 엄청나게 달라지고 있었습니다.

대단위 공업단지가 몇 개나 더 조성되어 그 단지 내에 크고 작은 공장들이 속속 들어서길래 이제는 정말로 헐벗던 양말과 구멍 난 고무신 걱정 안 하는 세상이 되어 좋아지는 줄만 알았는데 그것은 나의 커다란 오산이었습니다.

유신이다 뭐다 해서 양말보다 신발보다 몇천만 배나 더 소중한 것, 한세상 살면서 하고 싶은 내 말들을 헐벗기기 시작하더니, 급기야는 80년대로 들어서면서부터는 설상가상으로, '시키면 시키는 대로 하라' 하고, '주면 주는 대로 먹으라' 하고, '때리면 때리는 대로 맞으라' 하는 식의 물질 만능을 추구하는 경제 성장의 노예로 나를 전락시켜버렸습니다.

달 중에서도 보름달을 나는 제일 좋아합니다.

보름달에 가까운 둥그런 모양의 달도 싫어하지 않습니다.

둥그런 모양을 한 그 모습은, 한없이 깊어서 내 좁은 소견으로는 그 깊이를 감히 헤아릴 수조차 없는 어머니의 가슴 같습니다.

그렇듯이 둥근 모양에는 용서와 사랑이 한껏 깃들어 있을 것 같습니다.

헌데, 오늘 밤 하늘에 떠오른 달은 보름달도 둥그런 달도 아닙니다. 반달도 아닌 휘어진 그믐달입니다.

무엇 때문인지 잘은 몰라도 얼굴색이 하얗게 변하여 나를 날카롭게 쏘아보고 있습니다.

마치 난폭한 군주가 선량한 백성에게 눈총을 주듯이, 사뭇 소름

끼치게 하는 모습입니다.

오래도록 밤하늘에 머물러 있고 싶은데, 그렇게 하지 못하는 자신의 몽매함을 화풀이하는가 봅니다.

오늘 밤, 하늘엔 유난히 구름 한 점 끼이지 않았습니다.

그래서인지 별빛도 달빛 못지않게 밝습니다.

별들은 밤하늘이 '살기 좋은 세상'이라고 노래하고 있습니다.

모두가 다 그런 것은 아니겠지만, 대다수 우리의 고관들 또는 국회의원과 정치인들, 그리고 자본가들처럼 넉넉한 노래만을 골라서 부르고 있는 듯합니다.

서쪽 하늘 구석에 어렵사리 내 집을 마련한 작은 별 가족이 옹기종기 모여 사는 뒤편으로, 아직도 셋방살이를 못 면하고 쫓겨 다니는 가엾은 떠돌이별도 보입니다.

저 떠돌이별이 한세상 살아가면서 하고 싶은 말은 아마도 이런 말일 겁니다.

"나의 아가별에게만은 정착하고 살 수 있는 집 하나 마련되어야겠습니다."

정말로 살기 좋은 세상이란, 바로 '떠돌이별의 소원이 이루어지는 세상'이라는 생각이, 오늘 밤 하늘을 바라보고 있자니 자꾸만 내 어지러운 머릿속으로 아프게 파고듭니다.

별 구경

별 구경 가자는
아이들을 따라 나섰습니다.

달동네 꼬불한 언덕길을 쫓아
산마루에 올라서니
밤하늘의 별들은 아니 보이고
도심의 불빛들만 어지럽게 보입니다.

아빠, 별들은 참 좋겠다. 그지?
넓은 하늘에서 사니까 말이야.
이다음에 크면은
별처럼 넓은 곳에서 살아갈 거야.

아이들은
초롱한 눈으로
별들을 구경하고 있었습니다.

수장된 세월호! 수장된 비정규직!

지난 2014년 4월 16일 오전 8시 50분경 전라남도 진도군 조도면 부근 해상에서 여객선 세월호가 전복되어 침몰하기 시작했다. 당시 세월호에는 제주도 수학여행을 떠나는 경기도 안산 단원고 2학년 학생 325명을 포함해 교사 14명, 인솔자 1명, 일반 탑승객 74명, 화물기사 33명, 승무원 29명 등 모두 476명이 탑승하고 있었다.

청해진해운 소속의 인천발 제주행 연안 여객선인 세월호는 4월 16일 오전 8시 58분에 병풍도 북쪽 20킬로미터 인근에서 조난 신호를 보냈다. 4월 18일 완전히 침몰했으며 이 사고로 시신 미수습자 9명을 포함한 304명이 사망했다.

침몰 사고 생존자 172명 중 절반 이상은 해양경찰보다 약 40분 늦게 도착한 어선 등 민간 선박에 의해 구조되었다. 3년 동안 인양을 미뤄오다가 2017년 3월 10일 제18대 대통령 박근혜가 파면되고 12일 후인 2017년 3월 22일부터 인양을 시작했다.

세월호는 1994년 일본에서 건조돼 1994년 4월에 진수한 6,825 톤 여객선이다. 일본에서 18년 이상 운항하다 2012년 10월 운항을 마쳤다. 이 낡은 배를 한국의 청해진해운이 중고로 도입해 2013년 3월부터 인천-제주 항로에 투입했다.

이는 정부가 2009년 규제 완화를 명분으로 여객선의 선령 제한을 20년에서 30년으로 늘렸기 때문이다. 건조 직후 이미 589톤을 증축한 세월호는 국내로 들여온 후 또다시 239톤의 객실을 증축하는 등 무리한 구조 변경을 한 것으로 알려졌다.

자본과 권력의 결탁으로 바다에 수장된 세월호의 침몰은 자본과 권력에 혹사당하고 있는 이 땅의 비정규직 노동자의 삶과 같다. 비정규직 노동자가 살아가기 위해 어쩔 수 없이 연장, 특근, 휴일 노동 등 수난을 당하듯, 20년이 한계였던 세월호의 노동력은 자본과 정권과 관료에 의해 30년으로 늘어나는 수난과 증축이라는 수난을 동시에 당했다.

택배 특수고용 노동자가 할당량을 무리하게 배정받듯, 과적된 화물들은 세월호가 감당하기에는 너무나 무겁고 버거운 짐이었다. 병든 비정규직 노동자가 제때에 제대로 진료를 받지 못하듯 고장난 세월호의 부품들 또한 제때에 제대로 정비를 받지 못했다. 가난한 비정규직 노동자가 최소한의 생계비마저 착취당하듯 노쇠한 몸이 버틸 수 있는 최소한의 평형수마저 착취당했다

비정규직 노동자가 사랑하는 가족을 가슴에 품고 막막한 노동판에서 병들어 죽어가듯, 세월호는 사랑하는 우리의 꽃다운 어린 생

명들을 가슴에 품은 채 망망한 바다 심해 바다 깊이 수장된 것이다.
우린 세월호를 두고두고 결코 잊어서는 안 된다.

비정규직 노동자, 세월호여!

너는 노동자
비정규직 노동자
자본에 혹사당한 이 땅의 노동자
자본과 정권과 관료의 결탁으로
바다에 수장된 노동자

비정규직 노동자가
살아가기 위해 어쩔 수 없이
연장, 특근, 휴일 노동 수난을 당하듯
너도 어찌할 수가 없었구나

20년이 한계였던 너의 노동력은
자본과 정권 관료에 의해
30년으로 늘어나는 수난을 당했지
네 의지와는 상관없이
증축이라는 수난을 당했지

택배 특수고용 노동자가
할당량을 무리하게 배정받듯
네 몸에 과적된 화물들

네가 감당해야 할 짐은
너무나 무겁고 버거웠다

병든 비정규직 노동자가
제때에 제대로 진료를 받지 못하듯
고장 난 너의 부품들 또한
제때에 제대로 정비를 받지 못했다

가난한 비정규직 노동자가
최소한의 생계비마저 착취당하듯
노쇠한 네가 버틸 수 있는
최소한의 평형수마저 착취당했다

이 땅의 힘없는 비정규직 노동자가
무소불위의 자본에 착취당하면서도
사랑하는 가족을 위해
노동을 팔다
병들어 죽어가듯
침몰된 세월호여!
떠안은 짐 힘이 부쳐
사랑하는 꽃다운 어린 생명들
가슴에 품고
바다에 수장된 세월호여!

너는
바다에 수장된 비정규직 노동자!

다시, 떠올라라
분노하듯 떠오르고
떠오르듯 분노하라
푸른 새벽바다 파도 헤치고
새날을 여는 붉디붉은 태양처럼
새 세상을 열자

세월호여! 너를 그만 잊자 하는구나

세월호여! 너를 그만 잊자 하는구나.

수장된 지
1년이 지났다고
2년이 지났다고
3년이 다 되어온다고.

진도 팽목항 앞바다
막막하고 캄캄한 심해 탁류 속에
아직도
너는 깊이 잠겨 있는데

권력의 탐욕 속에
역사의 거짓 속에
아직도
너는 깊이 잠겨 있는데

이 땅의
특수고용 비정규직 노동자
혹사당한 주검 되어
너는 깊이 잠겨 있는데

잠겨 있는 세월호여! 너를
불순불온
좌경용공
종북세력 빨갱이라며

세상은
덧없는 세상은
피로하다고
이제 그만 너를 잊자 하는구나.

박환성, 김광일 독립PD

　　　지난 2017년 7월 14일 박환성, 김광일 독립PD 두 노동자가 남아공에서 유명을 달리했다. 이들은 남아공 현지에서 EBS교육방송 〈다큐 프라임 - 야수와 방주〉 촬영 작업 중이었다.

　　두 PD는 〈야수와 방주〉를 만드는 과정에서 EBS가 프로그램 저작권과 정부 지원금의 40%를 내놓으라고 요구하자, 독립PD를 착취하는 방송사들의 갑질 실태를 폭로했다. 이들은 남아공 출국 직전까지도 이 문제를 공론화하는 데 앞장섰다.

　　주변 동료들은 두 사람이 빠듯한 제작비 때문에 현지에서 운전기사 없이 직접 운전을 하다가 사고를 당했을 가능성이 높은 것으로 추정했다. 통역이나 가이드, 현지 코디네이터 등도 없었던 것으로 전해졌다.

　　세상은 이들이 유명을 달리한 것을 두고 교통사고에 의해서라고 말한다. 결단코, 그렇지 않다. 이들은 타살을 당했다. 신계급자본주의의 갑을병정 네 단계로 이어지는 방송계의 부당하고 부조리한 구조에서 최하층 계급인 정의 신분으로 현대판 종이 되어 살아가야 하는 현실이 이들을 살해했다.

현재 독립PD는 창작자로서 대우받지 못하고 그들이 만들어낸 부가가치를 인정받지 못하고 있다. 이 죽음은 사회의 적폐가 만들어낸 죽음이다.

독립PD들이 좋은 작품을 내놓으면 고혈을 빼먹듯 협찬 명분으로 정부 지원금까지 빼먹는 방송사들은 열악한 갑질 제작 환경을 바꿔야 한다.

산업은 4차 산업으로 새롭게 혁명을 거듭해왔는데, 산업의 근간인 우리의 자본주의는 새롭게 혁명되지 못하고 오히려 썩을 대로 썩어 더 이상 썩을 수조차 없을 지경이 되었다. 그리하여 신계급자본주의가 되었다. 신계급자본주의는 4차 산업혁명이 도래하면서 더욱 심화되었다.

우리는 이제 과감하게 신계급자본주의를 불태워버려야 한다. 그리하여 그 자리에 하루속히 산업과 자본을 평등하게 더불어 누릴 수 있는 인본자본주의를 새롭게 건설해야 한다.

박환성, 김광일 독립PD들이 기꺼이 그 불씨가 되어주었다. 그리고 온 세상으로 번져가고 있다. 그 번져가는 길에 우리 모두 피와 뼈와 살을 깎는 각오로 동참하자.

불씨여! 박환성 김광일 독립PD여!

불씨는 영원한 거야

살아나지 못하도록
물을 부어 끈
불젖은 잿디미 속에서도
다시 새롭게 살아나는 거야
살아나 번져가는 거야

불씨여! 박환성 김광일 독립PD여!

세상은,
근로계약서 하나 쓰지 못한 채
열악한 작업 환경 온몸으로 때운
말도 안 되는 비용으로 만든
피땀 어린 그대들의 작품
아무 생각 없이 재미있다며
즐기고 감상해온
세상은,

그대들이 남아공에서
교육방송 〈다큐 프라임 – 야수와 방주〉
촬영을 마치고
숙소로 돌아오는 길에
마주 오던 차량과 정면 출동하는

사고로 참변을 당했다 하는구나!

프로그램 저작권을 빼앗기고
방송사 간접비 송출료 명목으로
정부 지원금마저 착취당한 채
외주 제작사는 얼마든지 많다며
갑(甲)질하는 지상파 방송사
외주 제작사 생사여탈권 쥐고
을(乙)질하는 방송사 책임프로듀서
과도한 경쟁으로 제 살 깎으며
병(丙)질하는 외주 제작사의
무소불위 횡포에
아무런 토를 달지 못하는
독립PD라는 정(丁)이 되어
남아공 오지로 떠밀려 간 삶이여!

주면 주는 대로 받고
달라면 달라는 대로 줘야
전파를 탈 수 있는 촬영 작업
방송사 마음 안 든다고 잘리고
제작사 입맛대로 잘리는
극한 노동 속에서

세상을
한 점 연출 없이
정확하게 찍고자 한

한 점 거짓 없이
사실대로 담고자 한

살아나지 못하도록
물을 부어 끈
물젖은 잿더미 속에서
다시 살아 새롭게 번져가는
영원한 불씨여!

번져가자
정부 지원금마저 착취하는
방송사로 번져가고
외주 제작사 생사여탈권 쥐고 있는
방송사 책임프로듀서로 번져가고
과도한 경쟁으로 제 살 깎는
외주제작사로 번져가고
피땀 어린 그대들의 작품
아무 생각 없이 즐기며 감상하고 있는
온 세상으로 번져가자
번져가서 온전히 태우자

그리하여
태운 그 터전 위에
평등 공정한
새로운 방송, 새로운 세상을 만들자

박환성, 김광일 독립PD

257

기득권 왜구 세력과 천민자본주의

2018년 12월 11일 새벽, 태안화력발전소에서 일하던 스물네 살 김용균 외주 하청 노동자가 석탄 운송설비 컨베이어벨트에 끼여 머리와 몸체가 분리돼 사망하는 참극이 일어났다.

고인은 석탄을 이송하는 벨트들이 원활하게 운전되는지를 혼자 점검 중이었다. 전날 오후 6시 30분에 근무에 투입됐다가 9시 30분 이후 연락이 두절됐으며, 연락 두절 6시간 만에 처참한 주검으로 발견됐다.

김용균 노동자의 참사를 접하고 그를 추모하기 위해 「분노와 선동과 투쟁의 추모시를 새긴다」라는 제목의 추모 시를 『국민일보』와 『민중의 소리』 등에 게재했다. 또한 민주노총 인천본부가 부평역 앞에서 가진 추모제에서 낭송했다. 낭송을 다 마치고 난 후에서야 비로소 알았다. 낭송할 땐 몰랐다. 내 두 볼에 눈물이 흐르고 있다는 사실을 몰랐다. 이후 한국작가회의가 광화문 광장 시민분향소 앞에서 가진 '김용균 노동자 사망사건 규탄 기자회견'에서도 낭송했다.

고인은 발전소 연료·환경설비 운전과 정비를 담당하는 외주 하청업체인 한국발전기술에 입사한 지 2개월밖에 안 된 비정규직 노동자였다.

산업화가 시작되던 6, 70년대에도 이처럼 무자비한 죽음은 별로 없었다. 그로부터 50여 년이 지나고 4차 산업으로 나아가는 이 시점에서 노동자들이 노동 현장에서 죽어 나가는 이 불의하고 비정상적인 슬픈 현실 앞에 우리 모두 맞서 개선해야 한다. 불의를 정의로, 비정상을 정상으로 바로잡아놓아야 한다. 그리하여 이 나라의 모든 이들이 더불어 살아갈 수 있도록 해야 한다.

1,100만 명!

현재 우리나라 비정규직 노동자의 숫자다. 여기에 배우자 가족한 명이 있다면 2,200만 명, 자녀 한 명이 더 있다면 3,300만 명, 자녀 두 명이 있다면 4,400만 명이 비정규직 노동자의 안정되지 못한 임금으로 불안한 삶을 살아가고 있다. 이 상태로 가면 머지않아 대한민국 이 나라도 비정규 나라가 될 것이다.

나라까지 비정규 나라가 되어가는 이 지경이 된 데에는 여러 원인이 있겠지만, 크게 두 가지의 근원이 있다. 그 근원 중 하나는 일제 해방 이후 친일 청산을 제대로 못 한 것이다. 친일 청산을 못 하도록 법 제도화한 이승만 정권에 그 원인이 있다.

이승만 정권은 일제 왜정 시대 왜구에 빌붙어 호의호식하며 떵떵거리며 민족을 핍박한 불의한 이들을 처단하지 않았다. 처단은커녕 오히려 그들을 정치, 사회 문화, 경제, 법조, 학계 등 모든 분야에 중용했다. 그 결과 토착화된 불의한 왜구 세력들이 이 나라 모든 분야를 장악한 기득권 세력이 됐다. 지금까지 그 불의한 세력이 이 나라를 지배하고 있으며, 따라서 불의가 이 나라 최고의 가치가 되었다.

두 가지 근원 중 또 하나는 일제 해방과 동시에 이 땅을 점령한 미국의 천민자본주의다. 기득권을 쥔 토착화 왜구 세력들은 1950년대와 1960년대, 정부로부터 헐값에 불하받은 쌀, 밀가루, 설탕 등 미국의 원조물자를 민중에 팔아 자본의 원시적 축적을 이루었다.

또한 정치와 자본이 유착된 오랜 관행에 의해 자본이 정치에 기생하는 불의한 천민자본주의로 이어오고 있다. 이 천민자본주의 역시 토착화되었으며, 이 나라 최고의 가치가 되었다.

불의한 토착화된 왜구 세력과 불의한 토착화된 천민자본주의 세력은 자신들의 기득권을 빼앗기지 않으려고 정의를 철저히 배격하고 불의를 양산한다. 그 선상에서 비정규직을 양산하고 있다.

이 나라를 온전하게 바로 세우려면 노동자 민중이 모두 똘똘 뭉쳐 불의하며 무자비한 이 토착화된 기득권 왜구 세력과 천민자본주의에 대응 투쟁해야 한다.

분노와 선동과 투쟁의 추모시를 새긴다
— 서부발전태안화력발전소 고(故) 김용균 비정규직 노동자

하나밖에 없는 아들, 한 번도 속 썩인 적이 없는 아들, 착한

아들을, 죽였다

스물넷 나이 피 뜨거운 팔팔하고 창창한 우리의 아들을 죽였
다

누가 죽였는가 누가 죽였는가라고 이 주검 앞에 깨달으려 하
지 말고 묻지 말라

깨달을 여지조차 없고 의심할 필요조차 없다. 살인자는 명명
백백하노니

아들의 주검 앞에 너도 죽고 나도 죽고 우리 모두 함께 죽었다

살아 있어도 살아 있는 게 아니다 이 나라도 죽고 세상도 죽
었다

자본, 권력, 정권, 정치가 결탁 합세한 살인놀음에 죽임을 당
했다

이 마당에 슬픔이 남아 있는가 눈물이 남아 있는가

이 마당에 어인 슬픔과 눈물의 추모시란 말이냐

아아 나의 추모시여 무어라 시를 써야 하느냐

인간이 있고, 인간답고, 싫이 있고, 사랑이 있어야 하는, 자
리에

자본만 있고, 기계만 있고, 정치만 있고, 그들의 놀음판만, 가
득하여

가슴 도려내는 슬픔과 눈물의 추모 시마저 설 자리가 없다

하여 그 자리에 분노와 선동과 투쟁의 추모시를 새긴다

서부발전태안화력발전소 운송설비점검 김용균 비정규직 외
주노동자여!

엄마는 아들이 죽임을 당한 곳을 처음부터 끝까지 다 살펴보

고 말문이 막혔다

감당할 수 없는 작업량과 열악한 환경이 얼마나 힘들게 했는지

이런 곳에 우리 아들을 맡기다니 이런 곳으로 우리 아들을 보
내다니 끔찍했다

이렇게 열악하고 무서운 곳에서 일한다고 생각을 못했다

분탄 가루 날리는 좁고 어두운 곳 6킬로미터 구간 작업을 혼
자서 해야 했다니

그냥 걷는 것도 힘든데 낙탄을 치우며 가야 했다니

좁은 통로 물웅덩이 사이 곡예하듯 움직여야 했다니

고속 회전체 살인 병기 700미터의 기나긴 컨베이어 벨트를 기
어서 넘나들었다니

플래시를 켜야 겨우 뿌옇게 보이는 앞 공간

그 안에 머리를 집어넣어 석탄을 꺼내야 하는 곳

벨트에 이물질이 끼었는지 상체를 깊숙이 집어넣어

기계를 살펴보며 소리를 들어야 하는 곳

천장이 낮아 엉금엉금 설설 기어가야 하는 곳

작업복 깃이 벨트에 물리면 빨려 들어가 죽어갈 수밖에 없는 곳

기계의 부속품 소모품이었더란 말이냐

이 노동자가 죽고 나면 저 노동자를 채워 넣고

반복으로 열두 명의 노동자를 죽인 곳

홀로 현장 점검을 위한 순찰 업무를 해야만 했던 너는 외주
비정규직

석탄 이송 컨베이어벨트에 끼여 숨진 채 발견되었다

죽은 시간조차 정확히 알 수 없다

머리는 이쪽에, 몸체는 저쪽에, 등은 갈라져 타버린 채 벨트
에 낀 주검
정규직도 필요 없으니 죽지만 않게 해달라
문재인 대통령, 비정규직 노동자와 만납시다라는 피켓을 들고
안전모와 방진마스크를 쓴 인증사진 속 진지한 너의 눈빛!

단호하구나 단호하게 분노하고 선동하는구나
정규직화 해달랬더니 다수의 경쟁 외주처 만들어
허울 좋은 가짜 정규직으로 고용하게 하는
외주처 간 경쟁을 부추겨 기존의 비정규직보다
열악한 작업 조건과 임금 작업 환경으로 내몰아
젊디젊은 생목숨 빼앗아가는
자본, 권력, 정권, 정치에 맞서 투쟁하라!
민주노총이여!
정규직 노동자여!
비정규직 노동자여!
외주 노동자여!
하청 노동자여!
시간제 노동자여!
변형근로제 노동자여!
이 나라 이 땅의 모든 노동자여!
한 몸 되어 함께 투쟁하라!
단결 연대 투쟁하라!
피 터지게 투쟁하라!
자본과 권력 정권 정치를 위해
기계에 끼여 피 터져 죽느니

사람다운 세상을 위하여
인간다운 세상을 위하여
차라리 피 터지게 투쟁하다 죽자
죽어, 토실토실한 감자알을 주렁주렁 매달고
다시 살아날 수 있는 씨감자가 되자 그 길을 위해 상처를 입자
상처도 혈서를 쓰듯 새끼손가락 하나 깨물어
피만 조금 내는 그러한 조그마한 상처가 아니라
적어도 두서너 번은 성한 몸뚱이 온전히 절단당하는
그야말로 치명적인 상처를 입자
상처 입은 몸 미련 없이 푹 썩히어
새싹을 틔우고 새 줄기를 내리고
끝내는 새 감자알을 키워 나가는 감자밭 이랑에 비로소 묻히자
노동이 더불어 모두 함께 사는 길은 오직 그 길 투쟁뿐이다
라고.

단호하게, 분노하고 선동하는구나!

실패한, 노동의 귀향

　　나쁜 경찰이 나를 포함해 열 명을 명
예훼손 혐의로 고소한 건을, 좋은 경찰이 소신껏 수사를 마치고 무
혐의 의견으로 검찰로 넘겼다. 인천 모 지방경찰서 여성청소년과장
은 2018년 여름 인천 지역 시민사회단체가 인천경찰청 정문 앞에
서 가진 기자회견이 자신의 명예를 훼손했다며 그중 열 명을 고소
했다.

　이 여성청소년과장은 좋은 경찰이 수년간 위기 청소년들을 모아
유도를 가르치는 등 박봉의 사비로 이것저것 보살펴온 경찰서 내
운동 공간 유도장을, 좋은 경찰이 정년퇴임하자마자 아무런 대책
없이 폐쇄한 나쁜 경찰이다. 나쁜 경찰의 대책 없는 폐쇄 조치로 위
기청소년들은 다시 거리로 뿔뿔이 흩어졌다.

　이에 인천시민단체들은 나쁜 경찰 여성청소년과장의 못된 횡포
를 규탄하고 대책 마련을 촉구하는 성명서를 발표하는 기자회견을
가졌다. 나쁜 경찰이 반성은 하지 않고 오히려 기자회견에 참석한

시민단체장들을 명예훼손으로 고소하자 인천과 부천 등에서 활동하고 있는 10여 명의 민변 소속 변호사님들이 변호인단을 구성해 대응에 나섰다.

이 고소 건을 좋은 경찰이 조사를 마무리하고 무혐의 의견으로 검찰로 넘긴 것이다. 검찰의 최종 판단이 남아 있지만, 제 식구 편들기식 수사를 하지 않고 공공의 수사를 한 좋은 경찰과 변호인단을 구성해 대응해주고 있는 변호사님들이 참으로 고맙다.

내가 위기 청소년들에게 관심을 갖게 된 것은 조호진 시인의 요청이 계기가 되었다. 그의 요청으로 '위기청소년의좋은친구어게인'(이하 어게인) 이사와 '소년희망센터' 운영위원으로 참여하고 있다.

조호진 시인은 부인 최승주 씨와 함께 오래전부터 위기 청소년들에게 깊은 관심을 갖고 이들을 섬기기 위한 어게인과 소년희망센터 설립에 주도적 역할을 하는 등 열심히 헌신 봉사하고 있다.

2021년 1월이 되면 내가 현재 맡고 있는 6년간의 인천민예총 이사장직을 놓게 된다. 이후에는 위기 청소년들을 섬기는 일에 좀 더 집중할 계획이다. 귀향을 준비 중인데, 이후 현재 맡고 있는 모든 직책과 직임을 내려놓더라도 어게인과 소년희망센터 일은 계속할 작정이다.

고향 홍성을 떠나 타지로 떠돈 지 어언 50년이 다 되어간다. 온갖 노독과 직업병 치레로 노동 현장을 떠나온 지도 이미 오래되었다. 내 나이 어느새 60대 중반이 되었다. 이제 비정규직 노동자 문제와 해고 노동자 복직 투쟁 등 연대 투쟁의 현장을 찾는 것도 무리인 거 같다.

모든 삶의 활력소가 소진된 것인가. 의기소침해 있는데, 어린 시절 나를 객지로 보냈던 고향이 이제 귀향하라 손짓한다. 그 다정다감한 손짓에 따라 고향 홍성으로 귀향할 준비를 하고 있다. 고향 홍성! 그곳에 내 누추한 이름 석 자를 새겨놓은 소박한 문학관을 마련해놓고 기거할 계획을 세우고 준비 중이다.

천성(天性)마을! 문학관 경내를 졸시 「천성」에다 '마을'을 붙여 '천성마을'이라 부르기로 했다. 시 「천성」은 시업에 들어서던 초창기, 시업을 쌓아가는 마음가짐을 내 스스로 다짐하고자 지은 시다.

문학관 이름은 가칭 '홍성정세훈문학관'이라 지어보았다. 홍성 '천성마을'과 '정세훈문학관'이 일심동체가 되어 많은 사람들이 즐겨 찾고 사랑하는 공간이 되었으면 한다. 그리하여 잊고 살아가는 천성, 그 본성을 되찾길 바란다.

공간은 그리 거창하지 않아도 될 것이다. 30평 정도의 낡은 농가주택이면 어떠하랴. 30년 동안 밑바닥 노동과 이름 없는 민중의 호흡으로 일궈온 내 문학의 콘텐츠를 발굴해 '천성'의 공간을 아기자기 채우리라.

가령, 1980년대 말부터 틈틈이 출연했던 방송 교양 프로그램 녹화 영상들을 찾아오는 방문객들 앞에서 상영, 눈시울 뜨겁게 보여줄 것이다. 가수들이 내 시를 노랫말로 작곡해 부른 10여 곡의 노래들을 잔잔히, 그러나 가슴 먹먹하게 들려줄 것이다. 적폐 박근혜 정권 퇴진 탄핵 토요 촛불혁명 준비 광화문 광장 기자회견 모습이 담긴 관련 기사와 사진 자료 등도 정리 전시하면 어떨까. 친일문학상 반대와 사회연대 활동 등도 담고자 한다.

전시 공간에 보지 않으면 후회할 만한 시화도 몇 점 걸어놓을 것이다. 진열장 안에는 공장에서 야근 작업하다 떠오른 시상들을 포장지 파지에 메모한 초고 원고 등을 진열할 것이다. 입구와 주변엔 시 「천성」과 「몸의 중심」, 「나는 죽어 저 하늘에 뿌려지지 말아라」 등을 새겨 넣은 작은 시비 한두 개 세워놓아도 좋을 것이다.

시 또는 시화를 넣은 티셔츠, 손수건, 스카프 등도 만들고 시노래 음반도 만들고, 이런저런 다양하고 매력 있는 기념품을 만들어 찾아오는 분들께 선보여도 좋으리라. 이름 모를 들꽃 씨를 뿌려놓을 공간이 있으면 더 좋겠지.

이렇게 일구고 가꾼 천성마을 문학관은 내 생이 다하여 육신이 영혼으로 승화될 때 홍성군에 온전히 기부할 것이다. 아니, 그전에라도 적당한 시기라고 판단될 때에 기부할 것이다. 정세훈, 너는 너의 고향 홍성과 한 몸과 한 영혼이기에, 그리하는 것이 맞다.

귀향 후 나는 천성마을에서 새로운 문학을 하게 될 것이다. 그 생각과 이런저런 만감으로 마음이 한껏 들떠 있다. 그러나 실패한 노동이 참으로 안타깝고 그리워서 적잖이 비틀거릴 때도 있을 것이다. 그 지점에서 내 문학은 새로운 길을 찾아갈 것이다. 실패한 노동이여! 안녕! 향후, 우리 무엇이 되어 어디에서 만날까나. 아프다!

천성

하늘은
작은 구름
큰 구름
다

껴안고 사네.

시라는 틀에 나와 같은 소시민들의 삶을 담아내고 싶었다.

공장에서 쓰다 버린 포장지 파지 위에 담았다.

내가 담아내고 있는 것들이

시가 될 수 있는지는 모를 일이었지만

그저 열심히 담고 담았다.

시인은 노래하지만 나는 노래하지 않는다. 이야기를 할 뿐이다.

파지에
시를 쓰다

정세훈 산문집